JN043420
Author
すかいふぁーむ
Illustration
さなだケイスイ
史上最強の宮廷テイマー
3
～自分を追い出して崩壊する王国を尻目に、
辺境を開拓して使い魔たちの究極の楽園を作る～

CONTENTS

打ち倒したというのが大きかったでしょう」

「様子見していた近隣国が一気に駆けつけてきましたからね……」

「それでこんなことに……」

周辺にいくつ国があるんだと問いたくなるほど毎日毎日いろんな人間が挨拶に訪れている。

当然ながらただ挨拶に来るのではなく、うちと何かしらの関わりを持とうという提案付きだ。

「国と言いましても、街の一つ一つに領主がおりますからな。それらすべての相手をしているのですからしばらくは忙しいでしょう」

「ロビンさん……」

相変わらずいつの間にか背後にやってきたロビンさんが続ける。

「今やご主人様は大陸中の注目の的。大陸の中心にあったブルスを打ち倒したということは、ご主人様とどう付き合うかが国の、領地の存亡を左右するのです」

「……」

大げさな、と一蹴できないことはもう俺も自覚していた。

大陸には大小様々な国があるが、最も力を持っていた国の一つがブルス帝国だったことは疑いようがない。

「ま、兄さんはとにかく全員と会ってください」

「そうですね。それが一番です」

「結局その後全部任せちゃってるけど……」

本当にただ来る人と話して終わり。

その後どうするかは任せっきりで申し訳なさがあったんだが……。

「兄さん、テイムの影響かもしれませんが、人の善悪にかなり敏感になっていますよね？」

「そうか？」

「はい。以前までならただのお人好しで大抵いいように使われて終わっていましたが、今は怪しい相手は見極めるじゃないですか」

確かに少し気をつけるようにはなった。

なんせそういうことができずに国外に逃げてシャナルや母さんに迷惑をかけたのだから。

「実際、兄さんが怪しいと感じた国の要求は不当なものが多いのです。もちろん使者が悪かっただけというパターンもありますが、そもそもそんな使者を送ってくる時点でマイナスです」

「ありがたいことに今この領地は付き合う相手と付き合い方を決められる側ですからね。その判断に、ユキアさんの意見は非常に大きい意味があります」

シャナルとミリアが俺を見て言う。

「ユキアさんにしかできないことです」

「そういうことなので、次の予定に早く行ってください。ここにいてもやることはありませんから」

いつもどおり冷たくシャナルにあしらわれる。

多分さっき褒(ほ)めてしまった照(て)れ隠しであろうことは、その表情からよく伝わっていた。

「どうして兄さんはこうも面倒事を抱え込むのでしょうか」

「まあまあ……」

ようやくやってくるお客さんも減ってきたかというタイミングを見越したように、新たなトラブルが舞い込んできたのだ。

「ブルス帝国皇帝、ロイヤー＝ウィン＝ブルス直々の手紙、か」

「内容は要約すれば相談がある、と言ってきただけですが……どう考えても厄介ごとです」

「だよなぁ」

ブルス帝国とうちの領地の関係は基本的にはフラットな状態になっている。

ゼーレスは事実上解体されていわゆる属国扱いになったのに対して、ブルスはあくまでも王子と軍務卿の失態という形だ。

金銭のほか様々な面でこちらに有利な取引をさせてもらいはしたが、それでも国としては依然（ぜん）大国のまま。

　こういう手紙が来たとなれば無視するわけにもいかないわけだ。

「問題は誰と行くか、か」

　この手のやり取りはレイリックを頼ることが多かったが、さすがにユグドル、というよりエルフ全体もバタバタしていて頼みにくい。

　戦後処理だけでなく妖精王の誕生が大きいらしい。

　妖精はエルフの力の根源であり、その王となったエリンはもはやエルフの王と言える。

　その理屈で言えばエリンが王の座につけば解決だが、エリンの性格とそのほか諸々（もろもろ）を加味するなら、レイリックが中心にならざるを得ないだろう。

　だから今、レイリックの手は借りにくい。

「メルシア……も忙しそうだったもんな」

「竜人族（ドラゴニュート）の復興に向けて各地で隠れていた仲間を集めているようですし、王家の血筋がメルシアさんだけでしょうからね」

　ミリアが言う。

　どうしてこうも王族ばかり周りにいるのかと思うが、まあ考えても仕方ないな……。

「ブルス帝国相手だと、いくら奴隷（どれい）を解放させたとはいえ、いきなりゴブリンの使者団とか連れて行ったら喧嘩売ってると思われそうだな」

「そうですね。獣人や魔物は受け入れられにくいかと」

「じゃあミリアかシャナルに来てもらうしかないか」

一人で行ってもいいんだが逆にそれは許されない雰囲気だ。

もちろん竜人族を中心に護衛という名目で何人か引き連れていくが、それでも、だ。

「書類を捌くのは私の方が慣れていますから、シャナルさんにお願いしたほうがいいかもしれません」

「いいのか？　じゃあ頼みたいけど……」

忙しいのは二人とも同じだ。

シャナルと目を合わせると……。

「はぁ……。どうして不安そうに見てくるんですか……。行きますから」

こうしてシャナルとともに再び、帝都に向かうことになったのだった。

前回の潜入とは異なり、直接皇帝に謁見するために。

◇

「呼びたててしまってすまぬ。本来ならわしが出向くべきであるが、何せとやかく言うものが多くてな……」

帝都にそびえる城に入ってすぐ、皇帝ロイヤーとの謁見となった。

周囲には使用人はもちろん、おそらく大臣クラスの人間が何人か並んでいた。

そしてその中の一人、派手(はで)なドレスに身を包んだ気の強そうな少女が声高(こわだか)に叫ぶ。

「お父様！　何を言っているのですか!?　ブルス帝国は大陸最大にして最強。その王たるお父様がそのような弱気では困ります！」

ロイヤーは頭を抱えるが、何人かは少女に同意するように頷(うなず)いていた。

なるほど……。

「セシル、そのくらいにせい。確かにブルスは強国。だが、そのブルスを打ち破ったのが、目の前におられるユキア殿だ」

「ですがそれも、我々本体の戦力がいなかったからでしょう？」

彼女が本体、と言ったのには理由がある。

少女の正体も、さすがに調べてきてわかっているからな……。

セシル＝ウィル＝ブルス。

ブルス帝国第一皇女にして、軍務卿の一人だ。

一人、と言ったのは広大な土地を持ち、常に国境沿いが戦争状態のブルスは軍務卿クラスの権限を複数に与えていないと機能しなくなるという事情がある。

ただその中でも第一皇女という立場ゆえ、中心的な人物がこのセシルである、ということだった。

シルブルも軍務卿だったが、セシルがいるからこそ各地の戦線が混乱するような事態には陥らなかったと言える。

「で、何のために呼びだしたんだ？」

「うむ……」

セシルの言動にため息をつきながらロイヤーが口を開いた。

「我が国はほぼどの方角を見ても国境沿いで争いが起きておる」

周知の事実だ。

「そして、ユキア殿に敗れたという報が伝わったことで、敵勢力の勢いは日ごとに増すばかり。こちらとしてはもはや被害が大きくなる前に戦争を終結したいと考えておる」

皇帝の言葉に周囲にいた大臣たちがざわめく。

中でもセシルは直接声をあげて抗議する。

「お父様!?　何を弱気なことを！」

そんなセシルを無視して、ロイヤーが続ける。

「今さら戦争終結の話を持ち出したところでこちらが不利などころかまともに取り合わんところも多い。そこでユキア殿に協力を求めたいのだ」

「協力か……仲介役をやれってことだよな？」

「うむ。もちろん、ただでとは言わぬ。セシルを嫁に出す」

「はぁっ!?　私がこんな男と!?」

セシルの叫び声に重なるように、隣にいたシャナルも同じような声を出していた。

意図はわかるんだけどな……。

「セシルの軍務卿の任は解かぬ。そのうえで、だ」

ロイヤーが念押しする。

つまりブルスの軍務のトップ権限ごとうちの領地に与えようという決断だ。

もちろんそんな単純な話ではないが、捉えようによってはそう捉えられておかしくない話。

「お父様!?　本気ですか!?」

大臣たちを代表するようにセシルが詰め寄る。

「本気だ。この機を逃せば我が国はこの領土を保てぬ」

「そこまで……？」

ロイヤーの本気を感じ取ったセシルが戸惑い始める。

だがまぁ、その前に俺からもしゃべらせてもらおう。

「流石に第一皇女を婚約者と言われてもうなずけないぞ？」

「なんでよ!?　私が要らないって言うの!?」

要らないというと語弊があるが……まあでも端的に言うとそうなってしまうだろう。

荷が重い。

「すぐにとは思っておらん。ひとまず同行させてもらい、ユキア殿が認めた時は、迎え入れてほしい」

断りようがないというか、これを断ると色々と破綻してしまう。

周辺国との戦争を止める仲介については、こちらにもメリットがある。

うちは今領地を認知してもらって取引する相手を増やしているところだから、大国ブルスを挟んだ各地域との繋がりというのはありがたいわけだ。

だが突然仲介に行ったところですぐにどうこうなるとは思っていない。ここには必ず帝国の本気度を示す手土産が必要で、その手土産にこれ以上ないのが、第一皇女であり軍務のトップであるセシルの存在ということになる。

最初から仲介役を断るか、セシルに同行してもらうかの二択だ。

「一応聞くけど、シャナルはどう思う？」

耳打ちをするとため息をつきながらこう言われる。

「はぁ……どうせ何を言ってももう決めているんでしょう？」

「それは……」

「大丈夫です。ちゃんとついて行きますから」

呆れながらもそう言うシャナル。

ならまぁ、受けるしかない。そもそも大国ブルスの願いだ。聞き入れないわけにもいかないという事情もある。

それに何より、これは皇帝ができる限りで講じた歩み寄りだ。

皇帝は一見弱気だが、それでも国力はまだまだ健在。力関係的に断りにくい。

まして相手がここまでの譲歩を見せているんだからな。

「契約はこちらのやり方に合わせてもらうけど問題ないか？」

「構わん。むしろ楽しみだな。魔法による契約というのも」

覚えておいてよかった。

エルフがやっていたあの契約魔法。エリンの修行の傍らで俺もいくつか覚えていた。

青龍の封印を解くほど強力なものは取得できなかったが、それでもそこそこ使えるようにはなっている。

　初めて目にする契約魔法を前に戸惑う帝国の面々だったが、無事契約も済ませたところで一旦(いったん)領地に戻ることになったのだった。

「なるほど。次は帝国の皇女様と」

「流石ユキア様ですね」

「ほう？　面白(おもしろ)いことになったな」

　領地に戻るなりこんな反応で迎えられる。

　おかしいだろ……。

　セシルも何を言えばいいかわからずに固まっている。

　いつもの部屋にはミリアに加え、行きはいなかったメルシアとレイリックがいた。

　相変わらず隠れるようにエリンもいる。

「兄さんですからね。それよりやることが増えました」

　シャナルもあっさり流してミリアのもとに向かって、すぐに書類仕事を始めてしまう。もちろん会話を続ける気はあるんだが。

「ちょ、ちょっと待ちなさい！　私への反応はこれだけ!?　どういうことなのよ！」

しびれを切らしたセシルが叫ぶ。

が……。

「で、今回はどんな厄介ごとを持って帰ってきたんだ？」

「無視!?」

無視というよりレイリックの表情を見るに「どんな面白いことがあったんだ」という気持ちが溢れている。

さすがにどうにかするかと思ったらロビンさんがセシルの背後に現れる。

「こちらにおかけください。お茶がございます」

「あらありがと――じゃなくて！　おかしいでしょう!?　あのブルス帝国の皇女が来たというのにどういうことなの!?」

「そう騒ぐな。ここで王族というのはもはや珍しくもなんともないのだ」

レイリックが言い放つ。

「まあ、さすがに国の規模が違うので私は別ものですけど……」

続いてミリアが書類仕事をしながら言う。

「国の規模ということでしたら私も……というより私はまだ国を立て直せてもいませんね」

「逆に言えばユキアもメルシアもこれから大きくなる国の初代の王になるわけだ」

「いやいや……」

いつも通りといえばいつも通りなんだが、当然というかなんというか、セシルは気に食わないようだ。

ただ言葉も出ず不満を表情で示していた。

「で、なんでまた皇女がついてきたのだ」

「ああ、ブルスが戦争をやめたいらしいんだけど、何せ数が多いしこの状況だから協力してほしいって言われてな」

事情を説明していく。

レイリックは一通り聞いたうえで……。

「お人好しだな。状況によっては全戦力をこちらに向けるための準備に手を貸すようなものだぞ？」

「まあ……ただだからこそ行く価値があるだろう？」

俺が出向いて停戦を結ぶなら、その過程でブルスの南の国に繋がりが持てる。

当然相手国との繋がりという話もあるが、テイマーである俺の特性を考えるなら、この繋がりは非常に強力だ。

その地域の魔物や動物をテイムして定期的に伝達を頼むことができる。

もしブルスが全勢力をあげて俺たちを攻撃してくれば、手薄になる南にこちらから攻める手も出てくるわけだから防衛面でも悪くはない。

「なるほど。全くの考えなしというわけではないか」

「流石にな」

「ならそちらはいいが……皇女ともなればそれなりの待遇で迎え入れることになるが……よいのか？」

「え？」

何の話だと戸惑っていると、レイリックがニヤリと笑いながら続ける。

「序列だ。正妻から順にどうなるのかと思ってな」

こいつ……。

いや、レイリックだけじゃないか。

ミリアが複雑そうな表情で俺を見てくる。これは本気で考えないといけないのだろうか……。

「まあ、兄さんのことですから流れに身を任せるんじゃないですか？」

「ユキアが積極的に介入しなければ国の規模に準ずることになるだろうな」

「私はまだ国が立ち上がって間もないですし、序列は気にしませんよ」

メルシアがにこやかに言う。

「いや……待った。いつの間にそんな話に……」

確かにロイヤーにも言われてはいたんだがこんなさらっと流されるのはおかしいだろう……。

いつの間にか当然のようにメルシアが加わってるし……。

「いいのか？　滅ぼした国の姫が上に来ても」

「ユキア様が認めた方なら気にはしませんよ」

「問題はそこじゃないと思うんだけど……」

残念ながら疑問に思うのは俺だけのようで気にも留められず会話は続く。

「ふむ……だがうちのエリンは少し考えてもらわないといけないかもしれないな」

「あう……」

当人を置いてけぼりにして盛り上がるレイリック。

そんな様子をしばらく見ていたセシルだったが、ふと我に返ったように怒り始める。

「ふざけないで！　私は──」

だがそこで言葉に詰まる。

新たな登場人物を見て、セシルがまた固まったのだ。

「軍部の再編が終わったぞ……本当にわしがこれをやっておっていいのか」

「よかろう。この領地は人手が足らなすぎる。鬼の手も借りたかろうに」

鬼人族の王、ゴウマと、ドワーフ王カイゼルだ。

また王が増えた……という話もあるんだが、それ以上に二人の登場はセシルに衝撃を与えた。

「ひっ!? 鬼……？ ドワーフ……？」

「なんだ。また新しい嬢ちゃんが増えおったか」

「やるじゃねえか！ いよいよドワーフも嫁候補を選ばんといかんな」

いつも通りの二人と、対照的に顔を蒼くさせるセシル。

「そんな……人間じゃないのに……どうしてこんな……」

混乱した様子で後ずさりする。

様子だけ見れば怯えだが、その目に見えるのは汚らわしいものを前にしたような……生理的な拒絶反応が見て取れていた。

セシルはこれまで帝国の中心にいた。あれだけ人間至上主義の中心にいたのだから、この反応もまあ、仕方ないかもしれない。

だがここに来た以上いつまでもこの状態のままというわけにもいかないだろう。

「目をそらしていたからあえて言うけど、レイリックはエルフ王、エリンは妖精王、メルシアは竜人族（ドラゴニュート）の王だ。ここでは人間のほうが珍しいと思った方がいい」

「は……？」

人間に囲まれて、人間しか知らずに過ごしてきたであろうセシル。

軍務卿のトップとはいえ城を出て前線を見てきた様子はない。それはおそらくシルブルのような人間の役目だ。

未知なるものとの遭遇（そうぐう）。

エルフくらい人間に近ければ、あえて目を背（そむ）ければそういうものとして処理できる。

「というかあの国でも、奴隷としては存在していたのではないですか？　亜人（あじん）は」

シャナルが言う。

「多分だけど、セシルはもうそういうところとも切り離されていたんだろ」

じゃないと前回の騒動（そうどう）でぶつからなかったはずはないのだ。

温室育ちのお嬢様。

ある意味その教育を任されたんだろうな……。

「なるほど」

シャナルが納得する。

さすがブルスの皇帝だけあってただでは転ばないというかなんというか……。まあこちらとしてもブルスを越えて他国との繋がりを作れるのはメリットだからいいんだが……。

　何よりセシルは大国ブルスの軍務を動かしていた人間。能力は今後見ていかないとわからないにしても、少なくとも情報だけで相当なものを持っている。その情報源と考えただけでも、セシルには大きな価値がある。

　嫌な言い方ではあるが、多少恩を売っておいても損はしないだろう。

「ユキアも随分王としての自覚が付いたように見えるな。やはり人間との付き合いはこれだから面白い」

　レイリックが笑う。

「ちょ、ちょっと待って……どうしてお父様は私をこんなところに……」

　めまいを起こしたセシルがふらつく。

　すぐに支えにいってやったその使用人もゴブリンなんだけど気づく様子もなさそうだった。

「これから回る先は当然だけど人間以外の国も多い。今のうちに慣れておかないと停戦交渉に行くのに倒れてたらやっていけないぞ」

「そもそもそれがおかしいじゃない！　どうして私が、帝国が停戦をお願いしに行くような真似を！」

「曲がりなりにも軍務卿だったならわかるんじゃないのか？　このまま多方面作戦をする余裕

があるかないかくらい」

「あるわよ！　あんたたちが動きさえしなければこれまで通り各方面で優位は保てるわ！」

　セシルが叫ぶ。

　その通り。まさにこのゼーレス王国から続く北に構えられたうちの領地の存在が、帝国にとっての大きな変化なのだ。

「俺が動かない保証は？」

「うっ……それは……」

　だからロイヤーはセシルを送ってでも俺たちに停戦を頼んで回らせるのだ。

　少なくともこの動きをとっているうちは、うちの領地から再び攻められることはない。それにセシルの動きを見守っていればこちらの動向もわかる。

　まあ、実際には俺がいなくてもこの国は動くんだが……それはいいとしよう。

「俺たちの動きを止めたいなら真面目に停戦交渉に回ったほうがいいだろ」

「そうかもしれないけど……」

「ブルスが各国と停戦してくれるのはうちにとってメリットになる。戦争状態じゃ武器や食料を提供して金銭を稼ぐくらいしかできないが、うちはまだできたばかりの国で金より物資が欲しいし、なにより人材や技術を必要としている。その目的のためにはブルスの脅威をなるべく遠ざける必要があるからな」

「どうして私があんたのために動かないといけないの！」

「……」

どう説明したらいいんだろうな……。

と思ってたらいつも通りレイリックがバッサリ言った。

「別にユキアからしてみれば、今すぐにでもブルスを滅ぼして戦争のない状態を作ることもできるが、そちらの方がよいのか？」

「なっ!?」

さすがに言い過ぎではあるが、はっきり言ってうちを北に置いたまま多方面作戦を展開する余裕はブルスにはないだろう。

「そんな馬鹿なこと……ブルスは大国で……どこにも負けなくて……」

「つい最近負けたところだろう」

レイリックが笑い飛ばす。

「私も敗戦国の王族ですけどね……」

ミリアが苦笑いしながら書類仕事を切り上げてこちらにやってくる。

呆然とするセシルの前に来てこう言う。

「セシルさん、ひとまずユキアさんと一緒に色々なものを見てきたらどうですか？」

「色々なもの……？」

「はい。獣人が誇りを持って暮らす国、エルフが妖精とともに暮らす国、一度滅ぼされた竜人(ドラゴニュート)たちが復興しようとしている国……この大陸には本当にいろんな形の国があります。人間の国しか知らなかったセシルさんは驚くことが多いかもしれませんが、色々なものを見て、そこで得られるものを帝国に持ち帰れば、帝国はより盤石(ばんじゃく)になります」

「それじゃまるでその国に学ぶものがあるみたいじゃない。帝国に足りないものがあるような……」

「負けたでしょう？　足りないものがないのに負けたら、伸びしろがないのに負けたら、もうそこでお終(しま)いだと思うんです。セシルさんにとってブルス帝国はその程度の国ですか？」

「なっ⁉　馬鹿にしないで！　そんなわけない……帝国は最強の国。本当ならこんな国に負けない……私はこんな男、絶対に認めない！」

セシルが涙目になりながら立ち上がって俺を指さす。

認めないのはいい。

必要なことは……。

「やってやるわよ！　あんたのことを、周りの国のことを、全部見てやるわ！　そのうえで帝国が一番だと私が証明する！」

よし。

やることが、目的が定まった相手ならある程度安心して一緒に動けるからな。

ミリアが苦笑しながらこちらを見る。

手間のかかる妹に接するような、そんな感じだな……。

「まずは停戦が必要な国のリストアップと優先度付け。戦争中の相手は頭に入ってるか？」

「当たり前でしょう！　それに優先度より順番でしょう。本国への伝達ルートを考えながら少しずつ進めないと」

セシルの言葉に周囲の面々が感心する。

「な……なによ……」

「いやぁ、さっきまでの様子を見るにただの温室育ちのお嬢さんかと思ったら意外とまともだったからびっくりした」

ゴウマが言う。

遠慮がないな……。

「馬鹿にしないでくれるかしら。私はあのブルス帝国の第一皇女。軍務のトップを司る女よ」

「悪かった悪かった。いやだがのぉ……ユキアの前では順番はあまり意味はないがな」

「え……？」

困惑するセシルにシャナルが説明する。

「移動も伝達も、おそらくブルスではありえない速度で回りますよ」

「そんなはず……」

「ブルスは伝達にドラゴンを使いましたか？」

「は？　そんなわけないでしょう!?　ドラゴンなんて戦闘に使わないでどうするのよ!?　……え、まさか？」

「兄さんは目に入った魔物はすべてテイムしますので、戦闘用も伝達用も移動用も関係ありませんね」

「ユキア本人だけならそもそも竜に乗らずともここからブルスの国境くらいまでなら一瞬ではないのか？」

レイリックに言われて考えてみる。

青龍の権能を使えば確かに、ゼーレスを縦断するくらいは問題ない。ブルスと協力関係にある状況を考えると、もう少し先に中継点を挟めば権能だけで移動はできそうだな。

「ま、待って。まず整理するけど……この領地、竜は何匹いるのかしら」

「何匹だろう、ミリア」

「私が管理しているのは五十程度ですが……ユキアさん、そもそもこの領地外で何匹もテイムしてますよね？　それこそ私の管理している数なんて比較にならないほど」

「竜人たちもいますし、今のユキアさんの傘下にいる竜の数は数百ではないでしょうか」

「数百って……帝国全体でも二百もいないわよ……」

セシルが驚愕していた。

とはいえすぐに動かせるわけじゃないというか、各地で自由にしてもらってるのが多いんだけどな。

「そもそも増やそうと思えば増やせるでしょう、兄さんは。なので数はあってないようなものですね」

「そんな馬鹿な……確かに今回も帝国から来るのに竜での移動だったけど……」

「普通は馬でしょうからね」

「ええ……」

困惑したせいで態度も幾分軟化したかもしれない。

「というわけだからまぁ、順序は気にせず優先度を考えてほしい。早めに停戦したほうがいい場所と、後に回した方が都合がいい場所があるだろう」

「それは……ええ。待って。まとめるわ」

セシルが考え始めると同時に、ロビンさんからすかさずメモするための紙とペンが渡される。

「ありがと……すごいわねこの執事」

「ちなみにエルフにも同じようなレベルの執事がいるぞ」

「……わかった。ひとまず自分のやるべきことに集中するわ」

頭を切り替えたセシルが紙に情報をまとめていく。

さすがロビンさんというか、すでに地図も用意されておりそちらに直接戦闘状況を書き込んでいった。

「帝国が長らく戦争を終えられずにいるのはこの三カ所。南西のジャングル、ピールズ。南中央に位置する砂漠の国アランド。そして南東、ここは厳密にいえば戦争ではないわね」

「戦争ではない……？」

「魔獣が活発すぎて、ブルスの戦力の三割はここの防衛に割かれているわ」

驚いた。

ブルスにそんな地域があったことに、ではなく……。

「よく言う気になったな」

「いずれバレるのに隠しても仕方ないでしょう。それに、お父様はこの地域の制圧も狙いに入れてるはずだもの」

なるほど。

本当に三割かどうかはともかくとして、結構大きな問題であることは確かなんだろう。実際の規模はまあ、これから回るからわかってくるはずだ。

「ほかの地域は逆に、この三カ所さえ片付けば何とでもなるわ」

「そうなのか」

「ええ。各地域、この三カ所があるからこそ攻めあぐねている小国がほとんどだから」

大体イメージはできる話だな。

だとしたら……。

「優先順位をつけるなら、まずは南東、魔獣の侵攻をどうにかしてほしいところだけど、難しいでしょう?」

セシルが難しいと言う理由をゴウマが言葉にしてくれる。

「まあ、三割も戦力が整う手助けしちまったらなぁ? 本来はその前に他回っといた方が安全だろうて」

ゴウマの言う通りではある。

前回相手した帝国の戦力というのもおそらくその三割程度なのだ。当然慎重になるべきだが……。

「問題ないだろう？　ゴウマ」

「まあ……なんとかなるじゃろう。こちらの現状の兵力は整理してある。そもそもここに来るまでにゼーレスを挟むからな」

もし帝国からうちに攻め込むとなれば、ゼーレス王国か、開拓されていない森や山岳地帯を攻略してくる必要がある。

いずれにしてもかなり厳しい行程だ。

「そもそもユキアはその地域の魔獣をすべて従えるつもりじゃろう？」

「そうだな」

統制されていない魔物の襲撃に三割も戦力を割いていたのだ。それがテイムでまとまりを得るようになればブルスも容易には手を出せないだろう。

「ならやはり、順番なんぞあってないようなもんだろう」

「三カ所ならほとんど同時に終わるでしょうね」

「ほとんど同時!?」

ゴウマとシャナルの言葉に驚愕するセシル。

まあそうか……。確かに同時に終わるだろう。

「ピールズとアランドに同時に使者を出しておいて、先に魔獣をどうにかしておけばいいだろうな」

魔獣の制圧がそのままピールズとアランドへの交渉材料にもなるわけだから。

セシルが少し考え込むしぐさを見せる。

しばらくして……。

「実現できるならそれがいいでしょうね」

「なら決まりだ。すぐ出発するけど、問題ないか？」

「いいわ」

「じゃあ……」

ジャングルにある獣人の集団国家ピールズと、砂漠の王国アランドへ書状を送り、俺たちは南東を目指す。

その手筈を整えていこうとしたら……。

「お任せを」

ロビンさんがすでに準備を始めていた。

周囲の使用人ゴブリンたちと、ミリアもすぐに連携する。

「ピールズには同じく獣人であるヴァイスさん、アランドには私とゴウマさんが先行して使者として向かいましょう」

ミリアが言う。

「大丈夫なのか……？」

ミリアが、というのももちろんあるが、この場合、国が、だ。

情けない話ミリアなしでは国が回らない。

特に書類関連はほぼ任せきりだからな……。

「はい。むしろアランドの方面での用を済ませられるかと。それに……」

ミリアが言いよどむ。

「アランドには実は、弟がいるはずなんです」

「ギリア王子か」

「はい」

ゼーレス王国第三王子、ギリア。

ミリアの弟で、末弟に当たる。

「はい。王位継承は最初から長兄に絞られていましたから、三男だったギリアは特に何の縛りもなく、留学に出ていました」

「で、留学先がアランド、と」

「今もいるかはわかりませんが……」

まぁそうか。

そもそも国が滅びているのだ。ミリアが継いだのは結果論であり、どうなるか保証はなかったのだから逃げていてもおかしくはない。

クーデターに成功した国の王族がどうなるかなど考えなくてもわかるからな。

「状況確認も兼ねていくわけだな」

「はい。一部ゼーレスの人間として、という感じですが」

「それは大丈夫だ。けどそうなると、護衛がゴウマだけで大丈夫か？」

「竜人族も動ける者は運び手として動きますよ」

「それは助かる」

「ありがたい限りです」

本当にミリアには頭が上がらない。

そしてメルシアの存在も大きいな。

「ふむ……。我々はさすがにそこまでは動けぬが、何かあればいつでも動けるよう準備はしておく」

「それについては余も約束しよう」

レイリック、カイゼルも続く。

頼もしい限りだ。

「なら領地のことは母さんとロビンさんに任せることになるか。軍関係はゴウマが抜けるならアドリに任せよう」

「アドリの反応が目に浮かぶな」

レイリックが笑う。確かになんとなくわかるな……。「ええ!? 俺でいいんすか!? 頑張るっす！」みたいな。

話がまとまったところでセシルが口を出す。

「で、何で行くのかしら？　さっきの話を考えるとまた竜に乗るのかと思ってたけど……」

「私とセシルさんはそれでいいですが、兄さんはもう一人のほうが早いのでは？」

「ああ……多分な」

「さっきはスルーしたけれど竜より早い移動なんて実現できるものなのかしら」

疑うセシルにわかりやすいように、それまで姿を見せていなかった神獣たちを出すことにする。

「おいで」

「キュルー」

「クル！」

「クルルル」

霊亀(れいき)、鳳凰(ほうおう)、青龍の精霊体をそれぞれ喚(よ)び出す。

「なっ……これ……どうなってるの。こんな小さな生き物がなぜこんなにも存在感を……」

セシルが驚いた様子を見せる。

まだ神獣特有の力やオーラは見せていないのにこの反応は、ゼーレスの王子たちには見られなかったものだ。

セシルは人間以外を知らず抵抗感がある点を除けば結構、いやかなり優秀なんだろうな。

「神獣たちをテイムしたんだけど本体のままだとでかすぎるからこの姿になってもらってるんだよ」

セシルに説明するとそれぞれ俺にまとわりつくようにじゃれついてくる。

こうしていると本当に元の姿が俺でも結びつかなくなるくらいだ。

「神獣を三体も……いえ、報告には上がっていたけどまさか本当に……」

「信じてなかったのか」

「そういうわけじゃなくても実際に見れば驚くでしょうこんなもの」

恐る恐るという感じで神獣たちを見るセシル。

「いつも通り霊亀にはこの領地を守ってもらう。で、ミリア」

「はい。え、嫌な予感がするんですが……」

顔を引きつらせながら返事をするミリア。

「鳳凰は預ける」

「やっぱり!?」

「諦めたほうがいいでしょうね」

シャナルにも言われてしまうミリア。

「うぅ……神獣なんて気が重すぎます」

「ヴァイスの方に青龍はつけるから」

「あれ？　それだとユキアさんは一人になりますし、ヴァイスさんで大丈夫なんですか？」

俺はともかくヴァイスの心配だろう。

これまではテイマーに預けていたからな。

「俺は権能があるからいいと思う。で、確かにヴァイスのところにはテイマーがいなくなるんだけど、青龍なら問題ない。アルスにも行ってもらおうと思ってるし」

「いいですね。アルスも喜ぶと思います」

メルシアが同意する。前回、帝国に潜入した時に一緒に動いた竜人族の青年。竜人族と青龍は特別な結びつきがあるし、青龍に俺から色々言っておけば大丈夫そうだ。

「これを大したことないと言ってのけるのがユキアだ。これから連れまわされる先でも振り回されることになるぞ？」

「ええ……この領地がなぜこうなったのかなんとなくわかったわ」

俺より先にレイリックのほうが打ち解けそうだなこれ……。

「セシル様!?　突然どうされたのですか!?」

ブルス帝国南東に築かれた砦に降り立った俺たちは拠点の守りを任された将軍、ビンに出迎えられていた。

人間にしては相当大柄なところからも将軍の風格を十分に感じるが、物腰は柔らかい男だった。

実際にはここに来るまでに突然竜に乗ってやってきたせいでだいぶ警戒されたり色々あったんだが、セシルの顔と名前がわかる階級の人間が出てきてようやく話ができるようになったというわけだ。

ちなみに結局俺一人が行っても仕方ないしセシルたちと一緒に竜に乗ってきている。

辿り着いた南東の拠点は、帝国の三割の戦力を割いている、と言っていただけあって、もはや砦も大きな城になっており、櫓からは城下町が見渡せるほどだ。

前線拠点で作戦が長引いているせいで兵士の町ができた、とか聞いたけど……そう考えるとやっぱり規模は大きいな。

「悪かったわね。連絡もなしに突然」

「いえ……事前に一報いただければそれなりの準備ができたのですが、いかんせん何もない場所でして……」

「それは気にしないわ。私も事前に連絡したかったのだけど、移動に竜を使うとなるとそれより早く情報を届けるのが難しくて……」

こちらを睨みながら頭を抱えるセシル。

仕方ないのはわかってるけど文句は言いたいってところだろう。

「して、竜で来られるくらいなのですから相当な急ぎの案件とお見受けしますが……」

「そうとも言うような言わないような……というより、もうあんたから説明したほうが早いでしょ」

そこでようやく俺に話が振られる。

「そうでした。そちらのお方は……？」

「ゼーレス王国元宮廷テイマー、今はその王国を挟んで北に領地を構える領主、ユキアと、その妹のシャナルよ」

「なっ⁉　では先日の戦いの……」

ビンが一瞬で警戒態勢に入った。

「もう敵対しに来たわけじゃないから身構えないでくれ。ユキアと妹のシャナルだ」

シャナルも無言で会釈(えしゃく)をする。

早速(さっそく)本題に入ろう。

「ここに来た理由だけど、魔物の侵攻を完全に停止させるためだ」

「は……？」

ビルが俺を見て、困ってセシルに目線を移した。

「この男は本気よ。ここに来るのにわざわざ竜を三体も連れてきていたでしょう？　この拠点に竜はいたかしら？」

「いえ……そもそも騎乗できるものすら限られるかと……」

「そうよね。竜一体で戦況が変わるわけだし……」

「ええ……ですがそれが……？」

「ああごめんなさい。ちょっと考えを整理したくて」

なんというかだいぶダメージを受けてる様子だな。いろんな情報についていくために必死で疲れたんだろう。

「兄さん、他人事みたいな顔してますがほとんど兄さんのせいですからね」

「それは……否定はできないな」

小声でシャナルに答えているとセシルがまた話し始める。

「とにかく、この程度の竜は気軽に動かせる人間が増援に来た、と思えばいいわ」

「増援……」

ビルの表情は戸惑いの方が大きいな。

「あなたがあの子たちを置いてきたせいで説明が面倒じゃない！」

あの子たち、が指すのは神獣たちだな。

「悪かったって……」

鳳凰はミリア、青龍はアルス、そして領地の母さんに霊亀を預けたからな。

とはいえセシルはすぐに神獣の存在感に気づいたが、普通そうなるかはわからないんだけど
……。

「その……増援となると、いつごろ戦力が整うので？」

ビンの疑問はもっともだ。

「戦力はこの男一人よ。いや、妹も戦えるのかしら？」

「私はそこまで戦えません。というより、兄さんだけで十分かと」

「は……？」

　ビンは一瞬驚いたあと……。

「何の冗談ですかね？」

「冗談じゃないわよ。実際北で起きた戦争を終わらせたのはほとんどこの男一人の力よ」

「な……」

　あれはエリンが覚醒したことが大きかったけど、まあいいか。話がこじれる。

「え、ええと……だとすればいつから戦線へ？」

「どうなのよ」

　セシルがこちらを見てくる。

「今すぐにでも」

　本当は森に直接行ってから来ても良かったんだが混乱させるとまずいと思ったからやめたくらいだしな。

「今すぐ……魔物の侵攻は基本夜ですから。今夜ということでよろしいでしょうか？」

「夜ってことは、それまでは兵は出てないのか？」

「防衛ラインに配置と、偵察は出していますが……本格的な戦闘は行っておりません」

「なら今のうちに済ませる」

驚くビンを促して、ひとまず森の案内を頼むことになった。

「お待たせしました」

案内とはいえ森はほとんど敵地と言っていい。

そこに入るということで、ビンが精鋭を集めて護衛を用意してくれた。

さすがに第一王女であるセシルを護衛もなしに森に入れるわけにはいかないようだ。

「同行させていただく者たちは普段、部隊長、副隊長を務めておりますので、足は引っ張らないかと思いますが……」

ビンの言葉にも表情にも複雑な色が見て取れる。

まあ確かに、今まで全軍で捌いていた相手を一人で終わらせると言われればいぶかしげにもなるだろうし、ビン以外の面々はもはや敵視すらしている。

それもまあ、仕方ないだろう。

護衛はビンを含めて全部で五人。

隊長三人、副隊長二人。

言うまでもなく全員人間だ。

「あの……ビン将軍、本当に……？」

若い副隊長がビンに言う。

ビンは余計なことを言うなという顔をしているが仕方ないだろう、気になるのは。

むしろこの若い副隊長はマシな部類だった。

露骨にこちらを見下す視線も感じるくらいだからな。紹介されたときは第二部隊長といっていた無精ひげの生えた男からは。

まあそもそもセシルもここでお前を見極めると言わんばかりの視線で見てきているから仕方ないな。

気にしないでおこう。まずは情報確認だ。

「本格的な戦闘は夜ってことだったけど、拠点を守る感じなのか？　森に入るのか？」

「夜の戦闘で森に入ることはありません。あまりに危険ですので」

「まあそうか」

シャナルがすでにヴィートを飛ばしてくれて情報をとっているが、人が、それも軍が入るようなスペースはほとんどないようだ。

「今の言い方だと、昼間に入ることはあるんだな？」

「ええ。幸いにして日中は魔物の活動が活発ではないので、地形把握や魔物の痕跡を収集しております」

「こういうメンバーで？」

「いえ、さすがに隊長格は前線にはなかなか……。昼の任務は五人ほどのチームで当たっております」

「偵察って言ってたのがそれか。今も出てるんだよな？」

「ええ」

となると……。

「悪いけど戻せるか？」

「いざというときの戦力にはなると思いますが……」

「いや、事故率が上がる」

俺が今からやろうとしていることを考えればこの隊長たちの存在もまずいくらいなんだ。

弱いからではない。ある程度強いからこそ厄介なのだ。

「事故……？」

「テイマーってのは説明したと思うけど、これからやるのは敵だった魔物を味方にする作業だから。味方にした魔物を殺されると困るんだ」

「なるほど……。ですがそれなら、事前にターゲットを知らせておいていただけたらその個体は狙わないようにいたしますが……」

「いや……」

どう説明したものか。

確かに普通にテイムするとしたら狙いを定めて時間をかけて行うんだろうけど、今回やろうとしているのは目に入った魔物をすべてテイムしていくというものだ。

これを何の前情報もない相手に説明するのは難しい。

というより、信じないだろう。

「いいじゃない。言う通りにしなさい」

「セシル様」

「説明していなかったけど、その男、お父様の命――というより頼みを受けて来てるのよ」

「――っ!?」

隊長たちの雰囲気が変わった。

王命というのは軍人にとって重いんだろう。

「ただちに！」

副隊長の一人が走り出す。

前準備はこれでいいとして、ようやく聞きたかったことを聞けるな。

「わかってる範囲でいいんだけど、この森で一番手を焼いている相手だったり、巣の分布なんかの情報が欲しい」

「それは……」

「俺から話しましょう。二番部隊の隊長をしているアイザだ」

ぼさぼさの髪をかきながらけだるそうに声をかけてくる。

一番俺への敵意が強かった男だ。

「まず確認だが、この情報を得てどうするつもりだ？」

「おいアイザ！」

「将軍、この男はこの前まで敵だった国のトップだ。魔物を味方にすると言ったが方法も実現可能性も知れたもんじゃない。だというのにこいつは、俺たちが命を懸けて集めた情報を何の苦もなく得ようとしてるんだぞ」

「だが……」

ビンが弱った様子でセシルと俺を見る。

セシルは口出しする気はないようだな。

お前が何とかしろと表情が訴えかけてくる。

「わかった。言葉にするだけじゃ信じてもらえないと思ってたんだけど……そういうことなら……」

実演して説得するか。

「シャナル」

「はい。あの一本だけ葉の形が違う木の裏に虫型の魔物が数体」

「ありがとう」

さすがシャナル。ここまで正確な情報はヴィートだけじゃ足りなかっただろう。

俺より早く森の魔物をテイムして探っていたらしい。

シャナルの言う通りの方向に手をかざす。

「は？　一体何を……」

アイザが言い終わるより先に終わらせる。

「テイム」

ぶわっと、風が吹き抜ける。

俺のテイム自体ではそんな現象は起こらないんだが、今回テイムした相手は興奮（こうふん）すると風を起こすタイプだったらしいな。

「これは……っ!?」

アイザをはじめ、すぐに隊長たちが戦闘態勢に入る。

木の裏から五体も、それぞれ人より大きな魔物が現れたんだからまぁその対応は間違ってないといえば間違ってないんだが……。

「これが、テイム……？」

セシルの言葉を受けて少し落ち着いてくれたようだ。

「馬鹿(ばか)な。姿も見えてない相手を五体も……？」

「一体ずつかそれぞれ、兵士三人がかりになるような魔物だぞ……」

それぞれ感心したような反応を示すが……。

「騙(だま)されるな。味方になった保証はないだろう」

アイザだけはそう言いながら炎魔法を展開させる。

「なっ⁉　待ちなさい！」

「いいや。これは姫様を守るためでもある！」

セシルの制止も聞かず、アイザの魔法が放たれた。

「こちらから攻撃して反撃してこなければ認めてやる、いいな⁉」

……無茶苦茶だな。

さすがにこんな形でテイムしたばかりの魔物を失うわけにはいかない。

すぐに権能を起動した。

まずは……。

「【迅雷】！」

「え……？」

青龍の権能を使用してアイザの魔法の間に割って入る。

呆気にとられるアイザを無視して、まずは放たれた魔法をガードする。

「【鉄壁】」

霊亀の権能を使い魔法を無効化。

そして……。

「【聖炎】」

鳳凰の権能。自らを炎と化してアイザに手をかざす。

あの無茶苦茶な理屈はさすがに頭に来たし、少しくらい脅しておくか。

「こちらから攻撃して反撃してこなければ味方……だったな？」

「ひっ!?」

「俺はロイヤーの頼みを引き受けて、今は味方のつもりだが……俺とその周囲に仇なすなら容赦する気はないぞ……？」

「ちっ！　やれるものならやってみやがれ！」

「そうか……」

アイザは引くことを知らないらしい。

炎弾の準備を始めたところで――。

「いい加減にせんか！」

穏便だったビンがキレた。

その瞬間、周囲の空気がビリビリと震える。

それでなくても大きかった身体が膨れ上がったかのような錯覚に陥るほどの圧でアイザを殴りつけ、一撃で沈めてしまった。

「申し訳ないユキア殿。責任は私が……」

「いや。それより大丈夫か？　それ」

地面にめり込む勢いで殴られて気を失ってるけど。

「このくらいでは足りないでしょう。ですが……」

ビンが目を伏せながら言う。

「アイザは家族を、魔物にやられているのです」

「なるほど」

「言い訳にすぎませんが、アイザの処罰はそれに免じてこの私に代えていただきたい」

「いや、別にいい。次はないけどな」

応えても緊張感が解けない隊長たちとビン。

それを見かねてシャナルが俺にため息をつきながら言った。

「兄さん、権能をしまってください。みんな怯えてます」

「ああ……。悪い」

無意識だった。

ちょうどよくテイムした魔物たち、虫型の魔獣が寄って来たので撫でてやりながら心を落ち着けた。

「ユキア殿の逆鱗がよくわかりました……。以降このようなことがないよう徹底します」

「本当に頼むわよ。戦争が始まるのよ、これと……」

「ええ……」

ビンとセシルがそんな会話を繰り広げていたが、シャナルが話を戻す。

「さて、兄さんのことはわかったと思うので、情報をまとめて手早くこの地域を制圧できればと思いますが……？」

「ええ……ビン」

「はい」

ビンが地図を広げ周辺の状況を説明し始める。

「まずこの場所。先ほどの虫型の魔物はこの周囲に点在しております」

「この分布だと、近くは虫とその捕食者が多い感じか」

「ご名答。我々の砦から見て森の入り口と言える範囲には虫型、獣型の魔物が集まっているような状況でした」

甲虫に蜂、蜘蛛などから、熊、狼、猫科の獣まで、結構多種多様な魔物が存在しているらしい。

「こうも色々いると対処が大変だっただろ」

一般的に魔物というのは人より強い。人が勝てるのは武器など装備の面もあるが、それ以上に知恵だ。

先ほどアイザが即座に炎魔法を展開したように、属性相性を考えたり、戦術を相手に合わせることで何とか対抗することが多い。

「わかっていただけますか……」

ビンの表情に苦労がにじみ出てるな……。

「そんなに大変だったの？」

セシルが尋ねる。

「はい。一種の魔物の攻略法を編み出すまでに数カ月、さらにそれを定着させるのに数カ月……。当然安定した戦術が編み出されるまでの試行錯誤の中で死者も出ます」

「そんなに……」

ビンはあえて時間を軸に大変さを語ったが、それまでの犠牲も相当なものだろう。

軍に所属する人間の多くは特別な力を持たない。

一人や少数のパーティーで活躍する冒険者たちと違い、安定的な戦術を用いて数で対応していくのが一般的だ。

数で勝負ということは当然、犠牲者の数も増えていく。

「で、問題は虫や獣じゃないんだろう？」

それまでがどれだけ大変だったとしても、逆に言えば対策を講じて、戦術を確立すれば負けることのない魔物たち。この相手だけなら帝国の戦力を三割も割く必要はないのだ。

「私が語るまでもなく知っておられるようにも思えますな」

「森の様子を見ればわかる。これは獣と人が争ってできる痕跡じゃないだろう」

薙ぎ倒された木々やそこに残された傷を見ればおおよそ想像はできる。

「この奥には……目下最大の問題であるオークの……もはや国と言って良い土地が存在してお

ります」

「国か」

「はい。少なくともこの砦より大きな集落を発見しており、それより先の情報は得られておらず……。これまでも幾度となく戦闘を繰り返しておりますが、その中で、明らかに通常のオークの枠に収まらない強さを持つものが何体も見つかっております」

「通常のオークに……？　突然変異みたいなものかしら？」

セシルが言う。

ビンはもう少し事情がわかっているだろう。

「ハイオークで説明がつく範囲か？」

「いえ……もはやあれをオークと言っていいのかもわかりません……」

ちらっとセシルを見てから、ビンが続ける。

「信じられないかもしれませんがあの姿は……まるで人間のようでした」

「なっ⁉」

セシルが固まったのち……。

「そんな馬鹿な⁉　オークが人間に見えるってどうなっているのよ⁉」

「私も初めは報告を信じませんでした。オークの群れになぜか人間が混ざっていると考えた方が自然なほどです。それこそ、北の騒動を聞いたばかりでしたから」

北の騒動……俺のことだな。

「むしろユキア殿なら、その正体がわかるのでは？」

「オークの最上位個体はうちにもいるけど、人間に見えるよりはサイズが大きくなることが多かった。元々亜種だった可能性があるけど、元のオークの特徴はわかるか？」

「そういえば元々細身と言えば細身ではあったかと思いますが……それはこの森の問題かと思っていました」

これ以上はわからないか。

行って確かめるしかない。

「わかった。シャナル」

シャナルに呼びかけるとすでにヴィートの視点に集中していたようだ。

「確かに、少し南東に集落があります。個体数は二百ほどですが……一割以上が上位個体ですね」

「人間らしいのはいたか？」

「姿は見せませんが、オーラが尋常ではないものが……。全体的にオークが細身というのもわかります。ですが……ここからではよくは見えませんね」

スッと、シャナルの意識が戻ってきたらしい。

「今のは一体……」

「テイムの応用だ。テイムした魔物の視点を借りて見てきてくれた」

「そんなことが……」

「とはいえしっかりとは見れていません。道案内くらいはできますが」

「……本当にとんでもない方々ですな」

ビンが心の底から驚く。

そうこうしているうちに偵察部隊を呼び戻してきた副長も帰って来て、改めて南東のオークの集落を目指すことになったのだった。

「大陸にこのような砂の海が存在していたとは……」

竜に乗ったミリアとゴウマの眼下には、果てしない砂漠が広がっている。

空からでなければ目的地に辿(たど)り着くことすら困難だっただろうとミリアは考える。

ひとまず無事目的地を発見したことに安堵(あんど)していた。

「して、どうするつもりだ？　嬢ちゃん」

ミリアはともかく、ゴウマは竜に乗ることに慣れていない。

そもそもそれに適した身体(からだ)でないという話もあるが……。

今は竜人(ドラゴニュート)族でも大柄(おおがら)だったチュベルが背に乗せることを提案してくれ、なんとかついてきていた。竜人(ドラゴニュート)族は一般的な爬虫類(はちゅうるい)のように雌(めす)が大きいというわけではないが、チュベルは豪快で気のいい女だった。

「あたいはあんたたちに任せるからねえ」

「きゅー」

二人を乗せたチュベルと、パトラがそれぞれ言う。

竜に慣れていないゴウマがほとんど乗っているだけで落とさないように気を使ってくれているチュベルだが、会話するくらいの余裕はあるようだった。

「いきなり竜で上空から、というのはどうかと思っていましたが……この分だとそうするしかないかもしれませんね」

地上に降りて歩くにはあまりに危険に見える。

砂漠というものを知らないミリアにとってはそれだけの脅威に映っていた。

「これなら……帝国の侵攻を妨げられていた理由もよくわかります」

「そうじゃろうな。ここといやり合うにゃあまずこの地を攻略せんと始まらんからのう……」

「ええ。それに対する警戒度がどの程度かわかりませんが……。ひとまず手紙を持たせた鳥はすでに放ちましたし、一日待ってから向かいましょうか」

パトラに指示を出し、一度引き返そうとしたミリアだったが……。

「いや、どうもこのまま行って大丈夫のようじゃの」

飛ばした鳥がすぐに戻ってきたのだ。

ミリアが飛ばしたのは四羽だったのに対し、帰ってきたのは十を超える鳥たち。

手紙をくくりつけられた個体ももちろんいたが、わかりやすく旗(はた)を結びつけ友好的な姿勢を示してきていた。

「弟君のおかげかのう?」

「どうでしょう……まあひとまず、行きましょうか」

「そうじゃの」

再びパトラに指示を出し、ミリアとゴウマは砂漠の国、アランドへ迎え入れられたのだった。

「やぁやぁ。よく来てくれた。ゼーレスの王に鬼人族(オーガ)長殿から竜人(ドラゴニュート)まで！　私がアランドの王、キリスだ。歓迎するよ」

ミリアたちが招かれた宮殿。

玉座(ぎょくざ)に座りにこやかに迎え入れたキリスは、全体的にゆったりとした白い装束(しょうぞく)とターバンを身に纏(まと)った浅黒い肌(はだ)の男だった。

雰囲気(ふんいき)や態度はよく言えば王らしく、悪く言えば尊大に見えすらする。

だが、その顔立ちの整い方と人の好(よ)さそうな笑みがそれを打ち消してあまりあるほど、彼を魅力的に演出していた。

「お初にお目にかかります。ゼーレスの――」

「ああ、そういう堅苦しいのはよしてよ。僕らは同じ王なんだから。それに君の弟君は友人なんだ。仲良くしてくれると嬉しい」

キリスのすぐそばに、末弟ギリアがいた。

小柄でひきつった表情を浮かべる男だ。

椅子に座っているのに膝を抱えて爪を噛んでおり、ミリアとの久しぶりの再会も特に何の感情も示さず黙り込んでいた。

キリスはギリアのことは気にせず、こう続ける。

「ほら、すでに宴も準備しているんだ」

「それは……ありがとうございます」

「気にしないでいい。君たちは僕らの敵であるあのブルスを打ち倒した英雄でもあるんだ。鬼人族なんて会うことも初めてだし興奮しているよ。なにか聞かせてくれると嬉しい」

「そう面白い話があるとは思えんがのう」

「それでもさ！　さあ、料理を運べ！」

手を叩くと一斉に使用人たちが準備を始める。

ミリアから見てアランドの印象は陽気だった。

使用人が笑いながら料理を持ってきたかと思えばそのまま踊りだして演目の一部として機能しはじめる。ゼーレスやブルスではあり得なかった光景だ。

「さあ、宴を楽しみながらでいい。君たちがわざわざここに来た理由を含めて、語り明かそうじゃないか」

キリスのその言葉で始まった宴。

ミリアは終始困惑することになったが、ゴウマは途中から酒が入り一緒に踊りだすほどだった。

盛り上がった宴の中で、アランドの状況についての情報収集と、ミリアの要件――停戦交渉にユキアたちが来るという話を伝えあう。

アランド、ピールズの了承が得られれば、中間地点で一堂に会する手筈になっており、この交渉が一番の課題だったが、アランド側はミリアの提案を二つ返事で了承した。

ギリアとの会話は二言三言ながら、兄たちのような野心も恨みもなく、自分の無事が確保できたことに安堵している様子すらあった。

「……これで一旦、役割は完了、でしょうか」

ホッと息を吐きながらミリアが独りごちる。

「こうも友好的で、こうも嬢ちゃんがしっかりしてたんなら、嬢ちゃんだけで済ませられたかもしれんのう」

ミリアのもとに戻ってきたゴウマが言う。

ミリアにとっての苦い記憶。ゴウマたち鬼人族のもとに向かったときは、ユキアが来なければ大変なことになっていた。

アランドが友好的だったというのはもちろんあるが、ミリアも成長している。

ここに来るまでにアランドについての下調べをして、細かい気配りの面でキリスをはじめアランドの要人たちとコミュニケーションを取る準備をしてきていた。

以前の自分を知り、今の努力を知るゴウマの言葉がミリアには何より嬉しかった。

「あとはユキアに任せればよかろう。嬢ちゃんも少し楽しめ」

「はい」

ゴウマに誘われ、乗せてくれた竜人族のチュベルとミリアも宴を楽しみ始める。

楽しむと同時に、ミリアはアランドの豊富な資源に驚愕していた。

宮殿には、砂漠に不釣り合いな大量の噴水と水路が張り巡らされており、これは城下にも見受けられる。

砂漠に囲まれていながら潤沢な資源を確保する手段がどこかにある。ここより南を知らないミリアはそれに興味も持ち始めていたが、そこで思考が遮られた。

「ふむ。やはり美しいな」

「え？」

突然キリスが隣に現れ、声をかけられたのだ。

「君のことはずっと前から弟君に聞いていたんだ。我が国にも興味を持ってくれた様子。どうだい？　お互いこのような立場だが、だからこそわかり合えることもあると思うけど？」

「えっと……」

「まあすぐにとは言わないさ。気が向いたら今夜、僕の部屋に来てくれると嬉しい」

それだけを言い残して、キリスが離れていく。

「なんだったのかしら……」

困惑するミリアだが、すぐそばで様子を見ていたゴウマは少し嫌な予感を感じ始めていた。

◇

「俺なんかでよかったんですかね……」

「ユキア殿が選んだんだ。堂々としてろ」

ピールズに向かったアルスとヴァイス。

竜人（ドラゴニュート）の若手と獣人（じゅうじん）の長（おさ）という異色のコンビだったが、前回のブルス潜入以降も交流があり関係は良好だった。

移動もアルスがヴァイスを乗せてスムーズに行い、すでにピールズの獣人たちが過ごす森の中に入っているところだ。

「ユキアさんってあの実力なのに、自分にできるならそっちもできるだろ、みたいなところありません？」

「それはあるが……」

自己評価が低いせいで弊害（へいがい）が生まれているが、本人は至（いた）って悪意なく本気で言っていることもアルスもヴァイスもよくわかっていた。

そして……。

「あれでユキア殿は相手をよく見ている。お前さんならいけると判断したってこった」

「……頑張ります」

そんなこんなで二人はピールズの拠点（きょてん）を目指す。

事前に手紙は送っており、会ってからユキアとアランドとの三者での協議について交渉を進める手筈だ。

「ヴァイスさんは獣人ですけど、今から行く国と交流とかないんですか?」

　歩きながらアルスが聞く。

　すでに森の中は竜体で動くには不便なほど道が狭くなっており、二人とも人型をとっていた。

「全くないな。そもそも獣人は数も種類も多すぎる」

「なるほど……」

　数が限られ、今まさに一つ所に集まろうとしている竜人族とは状況が違いすぎる。

「獣の数だけ種族がいるといっていい。今から行く相手は比較的近い系統だから話が通じるといいんだがな……」

「そのレベルっすか……」

「そのレベルだ」

　ヴァイスがトラの獣人。

　これから会うのは同じ猫に近いヒョウだ。

「とはいえピールズはヒョウの獣人だけってわけじゃねえからな。森に住まうあらゆる獣人たちが集まっている集合国家……だったか。話は通じるはずだ」

「そこはもうお任せするしかないですね」

「いや……お前さんも活躍する場があると思うぞ?」

「え……？」

「じゃねえとわざわざユキア殿がお前を指名するとは思わんからな」

「そんなもんですかね……」

「そんなもんだ」

「よく来たなぁ、ひとまず歓迎するぜ。俺はガルダ、そっちは？」

ピールズの合流地点には代表のガルダをはじめ、さまざまな獣人たちがヴァイスたちを迎え入れていた。

「ヴァイスだ。こっちはアルス」

「ほう？　見ないオーラだが、獣人と近いものを感じる……こいつは……」

ガルダがアルスをジロジロ眺め出したのでアルスが自分で答える。

「竜人族っす」

「ほう？　竜人……復活したとは聞いていたがまさかこうも早くお目にかかれるとはなぁ」

バンバン、とアルスの背中を叩きながら豪快に笑うガルダ。

苦笑いしながら受け入れつつ、話を本題に戻していく。

「それで、今日来たのは……」

「ああ、知ってる知ってる。話はおおよそわかってらぁ」

「なら――」

アルスがほっと息を吐きながら続けようとしたところで、ガルダが鋭い眼光で睨みつけながら言葉を遮った。

「受けると思ったのか？」

「え……」

「あの国と停戦だと……？　馬鹿にするのも大概にしろ」

ガルダの言葉に周囲も当然だという表情をする。

「そもそもあの腐った国が停戦を守る保証がどこにある？」

「それを保証するためのうちだ」

「そこから食い違ってんだよなあ？　俺たちはよぉ、信じてねえんだよ。お前さんたちがブルスに勝ったってことも」

ガルダが立ち上がる。

「証明してみせろよ。あの国は何年やり合ってもうちを諦めてねえ。この何もない森をだぞ!?

ただ獣人(俺たち)が気に食わねえってだけで、何年もだ！　それが今さら停戦を申し出てきて、信じる根拠がどこにある？」

ガルダの言葉にヴァイスも黙って立ち上がる。

アルスだけついて行けない様子で困惑していた。

「え？　え？　そういうことっすか!?」

「まず俺が行くが……強え(つえ)のはあっちの若い竜人(ドラゴニュート)のほうだ」

「ならなんで最初から来ねえ？」

「あいつがやったんじゃやりすぎちまうからな。森が吹き飛ぶぞ」

「ほう？」

ニヤッと笑ってガルダがアルスを見る。

獣人族は種族によるが、鬼人(オーガ)族に近い性質を持つことが多い。

要は、強いものが正義だ。

今回は他種族を束ねるという意味でも、強いものでなければ長は務まらないという事情もあった。

だがそんな獣人族の事情も知らず突然巻き込まれたアルスは困惑するしかない。

「ええ!?　どう考えてもヴァイスさんの方が強いですって!?」

「いいや、お前さんは今回とんでもない力を預かって来てるだろ」

「とんでも……ああ！」

今は姿が見えないが、アルスが喚び出せばすぐに青龍が姿を現す。

「お前さん、すぐにあれを使いこなせるか？」

「無理無理無理無理です！　恐れ多いです！」

竜人族にとっては神に等しい存在なのだ。こうして同行しているだけでもアルスは戦々恐々としているのに、使役するなどとんでもない、というのがアルスの考え。

だが一方で、アルスでなければそもそも、青龍を連れて歩くことすら難しかったという事情もある。

長い間神と崇めてきた年長の竜人族からすれば、ユキアが使役するのはともかく、自分が隣を歩くなど恐れ多い。

ユキアがアルスを選んだ理由はまさにそれだ。

「ひとまず俺が勝つのを祈っておけ」

「本当に頼みます！」

アルスが手を合わせてヴァイスを見送る。

「さてと、俺が勝ったらお前らには帰ってもらう。次はもっとましなやつと出直してこい」

ガルダが言う。

その言葉にヴァイスとアルスは内心安堵(あんど)する。

遠路はるばる赴(おもむ)いて無駄足というのは通常だと問題になったかもしれないが、ユキアの領地の者からすれば支障はない。竜人(ドラゴニュート)族であるアルスからすればこの距離の移動は少し時間がかかったな、程度のものだ。

そして何より、再戦を受け入れるというガルダの姿勢なら、いざとなれば自分たちよりも強い存在があの領地にはいる。

「俺たちが勝ったら停戦に応じろとは言わん。話を聞くテーブルについてもらえればいい」

「ほう？　ずいぶん余裕があるな」

「無理やり結んだところで意味がないだろう」

しゃべりながらも準備運動を終えた二人が改めて睨み合い……。

――ガンッ

素手で殴り合ったというのに鈍(にぶ)い音が響き森が震える錯覚(さっかく)すら起こさせる威力(いりょく)。

両者ともに、力を根拠に族長として君臨(くんりん)しているだけあった。

「俺はお前の気持ちはわかるつもりだ」

「あぁっ!?」

ほとんど足を止めて、お互いガードより攻めを優先して相手を殴りつける中、ヴァイスが声をかけた。

「帝国の犬に成り下がってのこのこんなところにやってきたお前に！　何がわかる!?」

叫びながら放たれたガルダの大振りの一撃を、クロスした腕で受け止めるヴァイス。

衝撃を受け止めきれず轍(わだち)を作りながら後退していく。

「そうだな……。俺はここの話を聞いたとき、正直羨(うらや)ましいとすら思ったよ」

ヴァイスも獣人族をまとめる立場にあり、ブルスと敵対していた。

だが力量差は歴然。もはやできることは玉砕(ぎょくさい)前提の特攻だけだった。

寸前のところでユキアに止められていなければ、何も成し遂(と)げられないまま無駄死にしていただろうと、今のヴァイスは考える。

これはこれで一つ、ベターな結末だ。

——だが、

「俺だって、渡り合える力があれば戦いたかった！　復讐に駆られる気持ちは痛いほどわかる。俺たちも同胞を何人もやられた。いや、やられるだけならまだいい！　もっと惨い仕打ちだっていくつもあった！」

「だったら！」

「だがな……いつまでこの戦いを続ける？　これから先の子らにも、同じ思いをさせるか!?」

「――っ!?」

ガツンと、先ほどとは逆に、ヴァイスの一撃がガルダを弾き飛ばす。

「未来のために進め。我らの王はそれができる人間だ」

お互い重い一撃を一発ずつ。

お互い地面に轍のような足跡を残して後退した。

なおも臨戦態勢で語るヴァイスだったが……。

「わかったよ」

先に両腕を下ろしたのはガルダだった。

「まずは会う。それでいいんだろう？」

「ああ」

「ちっ……どのみちもう、しばらく腕が上がらん」

ガードしたとはいえ先ほどの一撃でダメージを受けていたガルダがため息をつきながら言う。

「だが……お前らの言う王がしょうもねえ奴だったら、その場で首をへし折るからな」

ガルダの一言にヴァイスが返す。

「好きにしてくれ、できるならな」

三体の神獣を従え、その権能を身に宿すユキア相手にどこまで立ち回れるのか、見てみたい欲望を押さえきれない様子だった。

オークの正体

「ここから先はもう、オークの集落の内部と言えますね」

シャナルの案内で俺たちは森を進み、いよいよ目的のオークの集落に差しかかっていた。

「どうしますか？　兄さん」

問題はここからだ。

出会い頭にテイムというのはさすがにまずい。

集落にいきなり踏み込んでも向こうからすれば敵対行為でしかない。

「相手の文明レベルがわからないからなんとも言えないけど……門番でもいれば取り次いでもらうか、手紙でも出すか……あとは……」

こんなことならうちのオークを連れてくれば良かったか……。

言っても仕方ないな。

「とりあえず一番偉いのがいそうなところに直接乗り込むか、か」

「直接……？」

ビンが困惑(こんわく)している。

「この辺でテイムした魔物に乗って行けばいけると思う」

ただこの場合、問題はビンやそのほかの隊長たち。あとはセシルもだろう。

俺はそれこそさっきテイムした虫にでも掴(つか)まって飛行することはできるが、慣れていないと難しいだろうからな。

「兄さんだけが行きますか？」

「……一旦(いったん)そうするか。すぐに呼ぶ」

「ちょ、ちょっと待ちなさい⁉　一人で行くつもりなの⁉　さっき言ってたじゃない。この地をどうにもできなかったのはこの集落のせいって」

「心配してくれるのか」

「そうじゃないわよ⁉　いやそうかもしれないけど……あんたになんかあったら私の問題でもあるし……」

うなり始めるセシル。

「とにかく！　まだここは敵陣よ⁉　しかも帝国が手を焼いていた！　それを一人でどうにかするなんて……」

「じゃあ一緒に来るか？」

「どうしてそうなるのよ⁉」

セシルの言わんとすることはわかるんだがな……。

「シャナルさんもいいんですの⁉」

「まぁ、私もこれに関してはセシルさん寄りでしょうか……。でも兄さんはどうせ止めても聞きませんからね」

「そんな……」

シャナルが諦めた表情でため息をついている。

「危なそうならすぐ引くから。そういう意味でも俺一人の方が楽だろ？」

「それはそうですね」

「大軍を動かすには時間がかかるし、少数だったらこのメンバーなら領地に逃げ帰るくらいはできるだろう。ということで、行ってくるよ」

まだ何か言いたげなセシルだったが、有無を言わさず先ほどテイムしたカブトムシのような魔物の腕に掴まって飛び立つ。

「さて、一番豪華な建物を探そうか」

なるべく早く解決するとしよう。

◇

「これは……」

上空に飛び立ってすぐ、色々な謎が解けた。

オークの集落、とされていたこの場所に住んでいたのは、豚の獣人たちだった。

「シャナルが見抜けなかったのも頷けるな……」

オークも豚をベースとした魔物だ。特にうちの領地にはもはや存在進化によって、見た目からしてよくわからないことになっていることを考えると、ヴィートから第四の目で見ただけではこの豚の獣人とオークの見分けがつかないのは仕方ない。

それ以上にそもそも、豚の獣人というものがあまり見ないのだ。

いてもイノシシのような見た目が多く、ここまでオークに近い見た目は珍しかった。

「相手が豚なら……オークとは交渉の方向性が変わるな」

まだ人間のような見た目の個体は見えない。シャナルがオーラを感じた個体も俺からはわからないが、まず予定通り、一番偉い相手に目星をつけてそこに降り立つ。

「なんだぁ!?」

「空から人間!?」

怯(おび)えるような反応を見せる獣人たち。

やっぱり、予想していたことが当たったようだ。

凶悪なオークの群れに見られていた豚の獣人たちは、実際のところ全く好戦的ではない……

どころか、基本的には臆病(おくびょう)で戦いを好まない種族だ。

「話をしに来た。俺は帝国の人間じゃない」

「帝国……あいつらと違うのか!?」

「ああ」

警戒(けいかい)しつつもバタバタと誰かを呼びに走り出す。

対話を望めば応(こた)えるはずだ。

ほどなくして族長と思われる獣人が姿を見せた。

他の獣人たちより明らかに年長と思われる。服装からも高齢の女性であることがわかった。

フードをかぶっていて顔はよく見えないが……。

「お初にお目にかかります。パルと申します」

フードを外した姿を見て驚く。

見た目はまんま、人間の老婆だ。

獣人は確かに人間に似ていく傾向はあるが、ここまで人間に寄せる形は珍しい。

存在進化でこうなったのか……？

いやまあ、まずは挨拶か。

「ユキアだ」

「ええ。我々は貴方を知っている」

「そうなのか？」

「この地の者たちは北から来ておりますので」

北から……。

「北の英雄が、このような場所に何用で？」

英雄、か。

まあいい。ひとまず悪く思われていないなら……。

「あの戦争のあと、帝国から依頼を受けた」

「依頼を……？」

パルの周囲にいた護衛が身構える。

「各地の停戦交渉の橋渡し役だ。この地は少し前まで魔獣たちとやり合うだけだったらしいが、今はこの集落が課題らしい」

「なるほど……」

　考え込む仕草を見せたのち、パルが言う。

「このまま立ち話という内容でもなさそうです。中に案内いたします」

「ありがとう。なら……」

「ええ。お仲間もお呼びください。まとめて話した方が良い。こちらも一度、主だったものを集められればと」

　見抜かれていたのか。

　連れてきた虫の魔物をシャナルのところに向かわせながら、不思議な力を感じさせる老獣人パルの案内に応じて建物の中に足を踏み入れた。

　パルの指示を受けて、獣人たちも慌ただしく走り出す。

「不思議な領地だな」

「確かに、あまり見ぬ種族、あまり見ぬ進化でしょう」

「進化のことまでわかってるのか」

「ええ。我々は貴方を知っていると申しました。本来はあの北の戦いに参戦すべきでしたが……正直に申し上げて、あのときはまだ貴方が勝つと思っていなかった」

「正直だな」

笑い飛ばす。

まあそれはそうだろうしな。

できたばかりの国と言っていいかも怪しい勢力が大国ブルスとぶつかったのだから。

「我々はあの機を逃げる好機と捉えここに至りました。その過程で、貴方の活躍も見聞きし様々なことを学ばせていただいた。おそらくこの地に辿り着くまでの経験の中で我々の一部は進化するに至り……」

パルが話を区切る。

「こちらにおかけください」

「ありがとう」

応接間、と呼ぶには簡素ではあるが、広いテーブルの奥に通された。

対面に座ったパルが話を続ける。

「失礼。人間の姿への進化は、我々が望んだものでした。逃げ延びたところで人間至上主義のブルスとはやはり近い位置で争いになります。ブルスと対話を望むなら、この姿は必須でした」

「対話を望んだのか」

「ええ。ですが、我々は致命的なミスと、不運に見舞われました……おや、お早いご到着で」

まだ姿は見えていないが、どうやらシャナルたちが到着した気配がある。

パルが同時に気づいたあたり、何かスキルを持っているのだろう。この姿まで存在進化を果たしているのだから只者ではないのは当然か。

「続きは皆さん揃われてからにいたしましょう」

ちょうどよくお茶とお菓子も運ばれてきて、老婆パルも和やかな表情を浮かべる。

程なくしてシャナルたちが合流した。

「まさか、獣人の国に入ることになるとは……」

ビンの言葉には怯えや恐怖に近い何かを感じる。

帝国の基準で言えばまあ、敵地である以上にそもそも未知すぎて恐ろしい部分があるだろう。

幽霊屋敷でゴーストにもてなされているような気分だろうか……。

ビン以外の隊長、副隊長たちも同じようだ。

「この建物……この地に来てそう日は経ってないように思えるのに立派ね」

ビンたちに比べると余裕のあるセシルが驚きを見せる。

自分より怖がりがいると怖くなくなるような感覚だろうか。

まあ何にせよ、いい傾向だ。

落ち着いたのを見計らってパルがこちらに声をかけてくる。

「領地のまとめ役をしておりますパルでございます。このような見た目ですが私もこの地の者たちと同じ、獣人でございます」

　その言葉に改めて驚きを見せるビンたち。

「シャナルです。ユキアの実妹になります」

「ブルス帝国第一皇女、セシルよ。軍務を担当しているわ」

「この地を任された将軍、ビンです。以下、私の部下にあたる隊長たち……顔を合わせたものもいるかもしれませんが……」

　隊長たちを紹介する。

　ちなみに気を失っていたアイザは拠点に送り返されたのでいない。いたらどんな反応を見せたかは少し気になるが、まあいいか。

「皆様、存じ上げております。ちょうどこちらも主だったものが少し集まった様子……入りなさい」

　パルが声をかけると、何人かの獣人たちが中に入ってきた。

「――っ!?」

　ビンが身構える。

　相手を知っているから、というのもあるだろうが、俺も一瞬身構えそうになるほど単純に強さを感じる獣人だった。

「領地の戦闘において主力を担(にな)うものたちです」

現れた獣人は八人。

見た目はバラバラだ。

パルのように完全な人型の、屈強そうな男が三人。

ヴァイスに似た、顔や毛並みを残し人間に近い獣人らしい獣人が三人。

そしてあと二人は、上半身が著(いちじる)しく発達し、二足歩行がギリギリ、と言えるほど獣(けもの)の性質を残した外見だった。

少なくとも全員、ただの獣人とは一線を画(かく)すオーラを放っている。全員存在進化を果たしているな。

「さて、皆さんお座りになられましたら、先ほどの続きを話させていただければと」

パルの言葉に皆ひとまず席に着く。

流石(さすが)のシャナルも戸惑(とまど)いを見せるほどだ。他の面々は言うまでもなく言葉を失いながら促(うなが)されるままに座った。

「我々がこの地に辿り着いたとき、ミスを犯しました。この開けた場所を我々は安寧(あんねい)の地と思い、開拓(かいたく)と同時に先住の魔物たちを狩(か)っていった……。これは移動の道中でも必要に駆られていたいつも通りのことでしたが、これが良くなかった」

ああ、と思っているとビンが口を開いた。

「魔物の侵攻が一時減った理由はやはりそれだったのか……」

「で、その機に乗じて攻めたらここととぶつかった、と？」

セシルがビンに尋ねる。

「いえ、我々から侵攻するにはここは流石に遠かったのです。ですが戦力を整える時間ができたのは事実」

「ええ。帝国側との対話を望もうにも、万全の体制では聞く耳を持たれません」

人の見た目とはいえ獣人であることは遅かれ早かれわかる。

獣人は奴隷でしかなかったあのブルス相手に対話と言っても、難しかったという事情はうかがえるな。

「とはいえ、ブルスからここまで攻めてこないとなれば、どうしてわざわざこちらから攻めたのでしょう？」

シャナルがもっともな疑問をぶつけた。

ここの獣人たちは本来温厚に見える。

そしてブルス帝国は、この地に獣人の集落ができてからもここまでは攻め込む余裕はなかった。

偵察(ていさつ)とぶつかってそこから戦闘が発展したのかとも思ったが……。

シャナルの言葉を受けて、パルはこう返した。

「それについての説明は、これを済ませてからにいたしましょう。皆さんのご用件は、停戦の交渉とのことでございましたね?」

質問には答えずに切り出す。

まあ話を進めるか。

「その通りだ」

「少し条件を出させていただいても?」

「条件か」

「ええ。少しばかり帝国領土をお借りしたい」

「おお……」

確かに停戦の交渉にはつきものだろう。

落としどころとして金や領土の話は発生する。

が……。

「別に領地を広げたいようには見えないけど」

「ええ。その通りです。先ほどの疑問にここでようやくお答えできる」

パルがもったいつけてから、改めて口を開いた。

「北にあるブルスの砦と、南の敵を比較したとき、北を攻めたほうが効率が良いと考えたのです」

「は……？」

全員口を開けて驚く。

「驚かれるのも無理はない。ブルスは強国。それはもちろん存じておりますが、南に現れた存在はもはや、我々に太刀打ちできるものではありませんでした」

「一体何が……」

シャナルがなんとか絞り出したような声で尋ねる。

パルの答えは……。

「……神獣、白虎です」

「神獣が!?」

ビンが思わず立ち上がった。

噂を聞かなかった白虎がまさかこんな場所で見つかるとは。

だがどうやら、各地で神と崇められていたものとは少し事情が違うな。

「ええ。まるで歯が立たず、この地はもはやあの神のための餌場と化しております」

「そこまでなのか」

「はい。やむを得ず移動を考えましたが、東は山岳、西は砂漠……。もはや戦うしか道は残されておりませんでした。幸いこの地に辿り着くまでに強くなった者も多く、また森の者たちも協力的でしたので」

それでこの地を要塞化して、北に攻めようとしていたわけか。

道理で帝国と戦っていたはずなのに帝国側ではなく反対側の防壁を厚くしているわけだ。

「それで、領土を借りたい……か」

「はい」

思ったより大ごとだ。

神獣が敵対しているとなれば、帝国側にとっても他人事では済まされない。

白虎の討伐など考えれば、国力の何割を割く、という話ではなく、国力の何割を削り取られるかという段階を覚悟しなければならないだろう。

「白虎から逃れるための場所の提供……そのくらいはなんとかなるか？」

ビンとセシルに問いかける。

「いいわ。私の判断で許可する。同時にここを前線拠点として提供してもらうけれど、いいかしら」

「我々の安全が確保されるのであればむしろありがたいご提案でございます」

セシルがそう言ったということは……。

「白虎もどうにかするのか」

「ええ。ここで食い止める。あんたが上手くやれるなら南側の戦力はすべてここに集め直せるし……ビン、しばらく忙しいわよ」

「ええ……全力で死守いたします」

俺も協力したいが流石に神獣の相手を今すぐにする余裕はない。それならセシルが言う通り、アランドとピールズをなんとかする方が早いだろう。

「その条件でいこうか」

セシルが動かなければこの拠点は俺が領地や周囲から魔物を送り込むつもりだったが、流石に帝国の軍と共同戦線というのはまだ難しい。

ただいずれにしても、テイムした魔物たちの居場所は欲しいな。

「一つ提案がある」

「提案……？」

パルと、セシルたちに向けて言う。

「パルたちの移動先に、俺が森でテイムしていく魔物たちも送っていいか？」

「それは……」

「ああ、身構えないでくれ。具体的には今ここに来るまでにテイムしたこいつらとか、今回一緒に南に来ている面々の宿泊場所が欲しいくらいの話だ。だが、戦力にはなる」

「ええ、それはその……ありがたい限りです」

周囲も同様に頷く。

よし。これで問題はあらかた整理できた、と思ったところで、パルが意を決したようにこう切り出した。

「さらに申し上げるなら……我々のうち、使えると思ったものだけでも、貴方にテイムしていただきたい」

「え……？」

「無理な願いとはわかっておりますが……ここに連れてきたものなどは皆、少しはお役に立てるのではと」

八人の獣人たちを見る。

全員そのつもりだ、と目が訴えかけてきている。

「機会がありながら貴方を頼らずここまできてしまった私たちがこうして願い出るなど図々しいとは思います……。ですが貴方のテイムがあれば……」

「いいのか？」

「え？」

　どうも結構な食い違いがあるな。

「そんな願いがあると思ってなかったというか……俺としてはむしろテイムしていいならありがたい提案だ。俺も強くなるし、領地も強くなる。希望者は北に移ってもいいけど、南に仲間ができるのもありがたいんだ」

「お役に立てるので……？」

「むしろありがたい。けどテイムだぞ？　場合によっては意思に反しても従う必要が出るし……」

　言い淀んでいるとパルが笑った。

「我々は貴方を知っていると申し上げました。貴方の領地で誰が、無理やり従わされているのでしょうか？」

「兄さんなら大丈夫でしょうね」

「シャナル……」

「ええ、妹様の方がよくわかっていらっしゃるご様子」

　パルが笑う。

「なら……今この場にいるメンバーにはすぐに。それから、この地の希望者は改めて集めてくれ」

「まさかここにいる者たち以外もテイムしていただけるので……？」

「ありがたいくらいだと言っただろう？」

「では……お言葉に甘えます」

このテイムという力が何か、俺が思うのと違う捉えられ方をしていることが多いのかもしれないな。

「準備はいいか？」

「ええ」

パル以外も無言で頷く。

セシルやビンも見守る中、手をかざして……。

「【テイム】」

同時に九人。契約内容はいつも通り、身の安全の保障と強さを求めるものだったが、パルだけはちょっと驚く変化を見せていた。

「これは……」

「ああ、すさまじい力ですね、やはり」

　老獣人だったパルが若返っていた。

「兄さん？」

「いや、望むままに存在進化を促しただけだぞ？」

　シャナルが何か言いたげだがこれは俺の意志ではない。

　とはいえ、パルの姿は豚の獣人の面影などどこにもなく、もともと背が高い印象はそのままに、非常にきれいな一人の女性になっていた。

　したたかさを兼ね備え、すらっと長く伸びた手足と、整った顔立ち。さらにスタイルも悪くないときている。

「これで少し、人間との交渉もやりやすくなるでしょう」

「それが狙いか」

「ええ。やはり見た目は武器になります。素晴らしい武器を与えてくださいました」

　テイムは相手の内面との交渉のようなものだ。

　意識しているかはともかくとして、パルの過去や思いは俺の中に流れ込んでくる。

「あの年齢にしていたのもそれが狙いだったか」

「ええ」

　ニコッと笑いかけてくるパル。早速与えられた見た目を使いこなしているな……。

老獣人の見た目は存在進化によりつくられたもので、今の見た目こそ年齢相応だったらしい。

確かに中途半端な年齢を演じるよりも、あそこまで振り切ったほうが話の主導権を握りやすいだろうな。

「テイムって……こんなに無茶苦茶な能力なわけ？」

「兄さんと……この場合パルさんがおかしいだけでしょう。ほかの八人はほとんど変化はないでしょう？」

「変化がないのは見た目だけで、中身はとんでもないことになってるじゃない」

セシルが言う通り、八人の獣人たちに見た目の変化はないものの、中身は大きな変化があった。それぞれ強さのランクが二段階は上がったようだ。

「改めて……とんでもない方ですね……」

ビンがつぶやく。

なぜかシャナルが一番うなずいているが……。

まあいい。

「よし。白虎は一度ビンに任せるとして、襲撃（しゅうげき）に周期か何かはあるのか？」

「後ほどまとめさせますが、現状は完全に不定期。昼夜を問わずです」

「なるほど……」

　肉食の獣で、餌場と認識しているのであればその周期があるかと思ったがそうでもないわけか。

「俺ができるのは、希望者のテイムと、周囲の森でテイムできた戦力を預けておくくらいか」

　森でテイムした虫型の魔物たちはどうせこの獣人たちとともに移動するから最初から預けておけばいい。

「何卒、よろしくお願いいたします」

「ああ」

　その後、希望する獣人をテイムすることで戦力を強化し一度別れることになった。集まれなかった者を除いたすべての獣人が希望したことで集落の戦闘力が著しく上がり、セシルが頭を抱えていたがまぁ、あとは任せるとしよう。

会合

あの後、ブルス側の領地に戻って必要な段取りを済ませた。

すでに獣人(じゅうじん)たちの移動は開始され、元々あった集落を防衛拠点(きょてん)とする準備も進んでいる。

俺がテイムした森の魔物たちもいるし、問題だった森の中の移動はある程度大丈夫だろう。

「で、休む間もなく移動ですか」

「ああ、ごめん。シャナルは――」

「違います。私の心配ではなく兄さんが心配なんです。私はついて行っているだけなんですから」

竜に乗りながらシャナルが言う。

ビンとセシルだけはついてきたが、あとの隊長、副隊長たちはブルスの拠点で別れてきた。

おおよそ問題となっていた部分は解消していき、アランドとピールズに行っていたミリアたちからも連絡が来たのでそちらの集合地点に向かう途中だった。

「ありがと。神獣をテイムしてから体力も強化されてるみたいで疲れないんだよ」

「元々体力お化けだったのに余計に……」

シャナルが頭を抱える。

宮廷テイマーだった頃からテイムの恩恵で体力はあったが、それがより増した形だ。

「まあ、兄さんがいいならいいんですが……」

そんなことを言い合いながら、一緒に目的地へと向かった。

セシルとビンはまだ竜での飛行に慣れていないようでゆっくりとしゃべる余裕はなさそうだった。

◇

「本当に速いわね……竜」

降りてようやく余裕ができたセシルが、乗せてくれた竜を撫でながら言う。

「気に入ったか？」

「気に入った……というよりようやく慣れたというか……この子、ずいぶん乗りやすくしてくれてるでしょ」

確かに普通の竜とテイムした竜は違うかもしれないが……。

「にしても慣れるのは早い方だったと思うぞ」

「そうですな……騎竜経験のある私ですら余裕がありませんでしたから」

「うちの領地でも特に速い子たちでしたからね」

シャナルが補足しながらおなじく竜を撫でる。

セシルは色々素質がありそうだな。

「さて……にしてもよくこんなところ作れたな」

降り立ったのはブルス帝国から見て南の森の中だ。

獣人たちがいるピールズの領地内といえば領地内。位置関係的にはアランドとピールズの本拠地の中間点くらいだろうか。

森に開けた場所があったのはいいとして、そこにすでに簡易ながら建物が用意されていたのだ。

「いつの間にこんなものを……」

ビンが改めて驚愕している。

おそらくロビンさんが何人か連れて来てやってくれたんだろうけど、とんでもないな相変わらず……。いや、もしかするとミリアが現地でというのもあるか。

「こんなことを実現されると、とてもではありませんがあなた方と戦おうなどと思えなくなりますな」

「一日あればこんな立派な拠点が作れるってことだものね……。しかも作業していたであろう人手の姿も見えない。それだけ高速で移動していったと考えると……」

セシルが色々言いながらこめかみをおさえていた。

まあ、戦意がなくなってくれるのはありがたいからいいと思おう。

「あ、ユキアさん！」

そんなやり取りをしていると中からミリアが出てくる。

「先に来てたのか。じゃあここもミリアが？」

「お手伝い程度です。ほとんどロビンさんが手配してくださいましたから」

「なるほど……」

お手伝い、と言ったがミリアもテイムで貢献したということだろう。

シャナルがちょっと複雑そうな顔をしている。本当に負けず嫌いだな……。

ミリアに行ってもらった目的を考えると色々聞きたいことはあるが、ある程度は手紙で聞いている。

そんなことよりまずは……。

「弟はどうだった？」

「ええ……良くも悪くも何もありませんでした」

ミリアが少し寂しそうな、どこか嬉しそうな表情を浮かべる。

これまでの兄姉はすべて敵対していたからな。何もなかったというのはミリアにとって救いだったんだろう。

「ならよかったよ」

「はい。細かい話も中で……」

「中にもうみんないるのか？」

「いえ。ヴァイスさんとアルスさんはまだ。私とゴウマさんと、ロビンさんが連れて来てくださったゴブリンたちだけです」

「ゴブリンたちも来てるのか」

執事……というより何でもできるロビンさんの分身のように育てられているゴブリンたちだが、出てこないということは中で準備か。

料理とかもできるからな……。

「とりあえず入るか」

「はい！」

ひとまずみんなで中に入ろうとしたところで、ちょうどよくヴァイスの声が響いた。

「だから言っただろうが、乗った方が速（はえ）えって」

「いいだろうが、そんな急いだところで人も揃（そろ）わねえだろ」

もう一人はヒョウの獣人。

もうそんな仲良くなったのか。

「あ、ユキアさん！」

「アルス、お疲れ様」

二人の後を追いかけるようにアルスと、ぞろぞろと様々な種類の獣人たちが姿を見せる。

「一斉（いっせい）に来たな」

「悪いなユキア殿」

「いや、お疲れ様ヴァイス。そっちは……」

「ガルダだ。あんたがここの長（おさ）ってわけだな？」

頷（うなず）いて答える。

「ユキアだ」

「ふむ……先に言っておく。俺はあんたらを見極（みきわ）めに来ただけだ。停戦の求めを呑（の）むかどうかは話次第（しだい）、わかってるな？」

「聞いてるよ」

「ならいい」

ヴァイスからの連絡は受けていたし、はじめから俺が交渉（こうしょう）するつもりだったしな。

問題はアランド、ゴウマから個別で来ていた連絡が気になるくらいだ。

まあこれは後で考えよう。

「この人数なら中で休めるだろうから入ってもらうか」

「ギー！」

ちょうどよく使用人のゴブリンたちが出て来て獣人たちから荷物を預かって案内を始めた。

前は少なくともしゃべれる上位のゴブリンたちだけだったのに、ついに普通のゴブリンもここまで育てたのかロビンさん……。もはやどっちがテイマーかわからないな。

「……すげえとこだな」

ガルダも素直に感心していた。

「やあ。遅れてすまないね。アランド王国国王、キリスだ」

「いや、呼び立ててしまってすまない。ユキアだ」

「ピールズ代表、ガルダだ」

数日後、アランドからも国王を含む使者団がやって来て三者会談となった。

俺の立場がよくわからないけどこの場合四者なのか……？

まあいい。とにかくようやく、話し合いのテーブルに全員ついた。

「もう聞いているとは思うが、要件はブルスとの停戦交渉だ」

「聞いているさ。北の英雄殿。随分活躍されているようだね？」

キリスが笑いかけてくる。

言葉だけだと嫌味っぽく聞こえてもおかしくないのに、口調か、態度か、それともオーラか
……不思議とそういう嫌な部分が出てこない。

あまり見てきたタイプではないが、王として育ち王としての何かを持ち合わせているような、
不思議な雰囲気の男だった。

レイリックは近いかもしれないがまた少し違うな。

「おかげさまでな。そういうわけで俺が停戦交渉の橋渡し役……というよりお使いのように頼まれてここにいる。とはいえメインはブルスだからな」

セシルに目配せをする。

「ブルス帝国第一王女、軍務卿のセシルよ。まず、帝国は北……帝都での敗戦を受け、いくつか変わったことがある。特に大きいのは奴隷の解放。結果的に戦争をする必要がなくなる地域も出るし、そもそも内政が忙しくて、できれば人手を内部に割きたい状況。だからあなたたちに停戦を申し入れた」

極めて冷静にセシルが言う。

俺と初めて会った時のことを思えば相当落ち着いていると言えるな。

「停戦の申し入れだというのに、随分と自分たちの都合だけをしゃべるねぇ」

キリスが笑いながら言う。

「ええ。そちらの事情を考慮するとしても、停戦はメリットがあるんじゃないかしら？」

セシルも引かずに、ニヤッと笑いながら返す。

「なるほど。確かにそうだね。ここに集まった僕らはともかく、他の地域はそもそも停戦の交渉すら必要がないほどだ」

キリスの言う通り、帝国はそれだけ強大な戦力を有している。

そして何より、全土で停戦の動きをとり始めたことが大きい。

これまでギリギリ耐えてきた地域や、まだ手を出されていなかっただけの地域も、他地域の戦力を集められればひとたまりもないのだ。

それは俺たちの領地も例外ではない。

だからまず、ロイヤーは俺にこの話を持ちかけたという話もあるしな。

「北の英雄殿に次いで、この段階で呼んでもらえたのは光栄だけど……停戦の申し入れをこちらが受けるというのだから、それなりの手土産はあるんだろう？」

単刀直入に、キリスが対価を要求してくる。

帝国は強大だ。

だがだからこそ、順番を間違えると大変なことになるのだ。

例えば俺に何も言わずに南で停戦の動きに乗り出していたら、俺たちは身構えて戦争の再準備を始めただろう。

領地や周囲に呼びかけを行い、帝国と再び相まみえる連合軍を形成したはずだ。

直近で帝都相手に勝利を収めたこの領地を無視はできない。だからまず俺に声をかけたし、その手土産がセシルと、俺自身による南の国とのパイプ作りの容認だったというわけだ。

ロイヤーを中心に、帝国はそこまで考えたうえで動いている。

そして次に問題だったのがアランドとピールズ。そして名もなき魔物の群れだった場所にできた豚の獣人の集落。

あちらは目下の問題であった白虎の対応という対価を提示した。

アランドが求める対価も当然、それなりのものになる。

「アランドの王は、私に何を求めるのかしら？」

セシルが問いかける。

準備もあるが、まずはこうして探り合いだ。

だがそんなものを一切無視するかのように、キリスはいきなりとんでもない条件を突きつけてきた。

「僕の条件はシンプルさ。ミリアが欲しい」

「は？」

驚くセシルに対して笑みを浮かべるキリス。

ミリアの方を見る。確認するまでもなく、俺がやるべきことはわかるな……。

「それはできない」

「本当にかい？　たった一人で僕らを味方につけられる。これはよくある政略結婚だよ」

「ミリアはうちの領地に欠かせない要人だ。それにゼーレスの国王、そう簡単に動けない」

「だからこそ政略結婚だろう？」

めげないな……。

そしてそれ以上に、ゴウマとヴァイスから意味ありげな視線の圧を感じる。

わかってる……。

これで引かないなら断り文句としてはこの方がいいことは……。

「ミリアは俺の婚約者だ。渡せない」

なぁなぁになっていた部分だったが、これで言い逃れはできなくなったな……。

ゴウマとヴァイスはニヤニヤしているしミリアは顔が真っ赤だった。

シャナルは……妹というのもあるのか少し複雑そうにしていた。

「なるほど。それは失礼したよ。だったらブルスのお嬢さんに要望だ。百人の人手を。美女が五十人くらいいると嬉しいね」

あっさり切り替えたというか、これはこれで通常運行なのか……。キリスの要望にセシルが考え込む。

「百……」

「ああ。僕は特に人間だろうと獣人だろうと気にしない。君たちの解放された奴隷も引き受けられると思うけれど、どうかな？」

「なるほど。いいわ。希望者を集める」

最初からこの条件にするつもりでいたんだろうな……。

獣人たちがそのまま戦力として流れてくれれば、ブルスが団結したとしても問題はない、ということなんだろう。

南東の獣人たちは俺たちの領地との連携を望んだが、アランドは自力で何とかするために動いているというわけか。まあ、ミリアを狙ったという意味では連携の意志はあるのかもしれないが、何とも言えないな。

「僕はこれでかまわないよ。そっちはどうだい？」

キリスがピールズ代表としてきたガルダに問いかける。

「俺たちは停戦が果たされるならそれでいい。奴隷が解放され、帝国での生活を望まないならこちらに送り出せ。だが一番大事なことは、その約束が果たされるかどうかだ」

険しい表情でガルダがセシルを、そして俺を睨みつける。

それに対してセシルは……。

「この男のテイムを見たことがあるかしら？」

「は……？」

「見ればわかるわ。正直、この男が生きている間は帝国は諸外国に手出しできない」

出発したときとは随分変わったセシルに、ヴァイスが感心していた。

「そんな話が信用できると思ってんのか？　そもそもこいつが死んだらどうする？」

「寿命が来るまで殺せないわよ、こんな化け物」

「おい」

「そもそも長寿の秘薬を持っていると言われているエルフとも繋がりがあるしいつ死ぬかもわからないわよ」

ひどい言われようだ。

「わけわかんねえ話してんじゃねえよ」

ガルダがもっともなつっこみを入れた。

「停戦が果たされる保証がねえんなら用はないぞ」

ガルダの言葉に、なんとかしろとセシルが目で訴えかけてきた。

「俺が帝国を止められるだけの力を見せればいいか？」

「ここでできるのか？」

「これを見てもらって伝わるなら早いんだけど……ミリア、アルス、少し戻してもらうぞ」

「あ、はい！」

「待ってたっすよ！」

ガルダはまだ何を言ってるんだという様子だったが、見せた方が早い。

「おいで」

呼びかけに応じ、青龍、鳳凰が精霊体で姿を見せた。

「これは……」

「この姿で伝わらなければ――」

「いや、十分だ」

セシルと同じく、ガルダにも神獣のオーラは伝わったようだ。

「わかった。これなら納得してやるよ」

それまでの厳しい表情をやめたガルダが引き下がる。

「よし、なら一件落着だね。宴にしようよ、いい匂いがしてきた」

ちょうどゴブリンたちが準備を終えた様子だ。

「契約については精霊魔法を使って行う。お互いの魂に刻まれる契約だ」

「ほう？　面白そうだね」

「俺は何でも構わん」

二人と、同時にセシルにも説明しながら、なんとか契約を終えた。

その後はゴブリンたちの作った料理に驚かれたりしながら、ひとまず和やかに会談を終えたのだった。

「なるほどね。そうなったんだ」

「ああ。で、これからどうするんだい？」

「単純な話だよ。白虎をもコントロールする強力な力を持っている魔人に協力しない手はない」

邪悪な笑みを浮かべそう語るのは、ゼーレス王家の末弟、ギリアだ。

第一王子アルン、第二王子ロクシスがゼーレスとの戦いで、第一王女アリアがブルスとの戦いで散った中、ミリアを除けば唯一のゼーレス王家の子がこの、ギリアだった。

「魔人……ねぇ」

「魔人は良いよ。このアランドに現れてくれて本当に良かった。僕がゼーレスで、そしてブルスでさらにここで受けた教育とは比較にならないくらい優れているからね」

王位を継ぐ可能性もその気もなかったギリアは、早い段階でブルスに送り込まれ教育を受けていた。

その後このアランドにも留学に出て、ゼーレスの混乱の中で身を潜めていた。

ギリアは権力問題に生まれた時から絡めなかったというコンプレックスを抱えて生きている。生まれながらにして王の風格を持つキリスとは反発していたのだが、キリスに乗せられて結局、今も関係を継続しているのだ。

ギリアがキリスに乗せられた理由は、ゼーレス、ひいてはブルスの権力を握れる可能性があると持ちかけられたから。

ブルスと敵対するアランドからすれば、ギリアがゼーレスの権威に返り咲いてくれることは大きなメリットを生む。さらにブルスの領地を削り取ることに成功したなら、その地をギリアに渡してしまえばいいとすら考えていたのだ。

キリスはもともと特に強い野心を抱えてはいない。ただ自国で悠々自適に暮らしていければそれで良かった。

だから大国ブルスと国境沿いで争いを続けなければならない現状を改善するために、ギリアを利用したいという思惑があった。

「信頼できるのかい？　魔人は」

「圧倒的に僕より強いんだ。そもそも信頼関係が築けていなければ僕が殺されて終わりだよ」

「それもそうか」

ギリアが笑いながらこう言う。

「あの白虎ですらコントロールしてしまうんだ！　素晴らしい技術を持っているよ、魔人は」

白虎ですらコントロールする力を持つ存在と対等にやり取りできていると思っているギリアだが、その力がある者が自分を相手するメリットがあるのかなどといった、当たり前に考えるべき懸念点を考慮しない浅はかさがギリアの問題でもあった。

兄姉に囲まれながら、最も力がなく、だがそれでも、ミリアを貶めておけば成り立った王宮での生活。

以降も彼はその地位によって得られる恩恵を自分の力と勘違いしたまま育ち続けている。

「まぁ君がそこまで言うなら、任せてみるよ」

今まさに話している相手にすら、ギリアは友人でこそあれ、良きパートナーとまでは至っていないのだ。

ただ利用され続けるだけの人生。

だがそれに気づく能力も疑う心もなかったことが、ある意味彼を幸せにしているのだった。

「なんとかまとまったか」

領地に戻ってようやく一息つくことができた。

なんだかんだ言っても遠征(えんせい)は疲れが出るし、何よりこの領地の居心地が良くなっていることが大きい。

「お疲れ様です」

「ミリアもお疲れ様」

いつもの執務室には一緒に戻ったシャナル、セシル、ミリア、ゴウマ、ヴァイス、アルスに加え、レイリックとメルシアがいる。

ほとんど勢ぞろいと言っていいだろう。

すでに帝都にも使いは出しているが、一度集まって情報を整理してから、ブルスへ報告に戻る手筈(てはず)になっていた。

「まとまったとはいえ、大変なのはここからだろう?」

レイリックが言う。

確かにそうだ。

「レイリックのほうはどんな感じだ?」

「当然、同胞に手を出したブルスと組むことを受け入れない者もいる。停戦を申し出てきた今こそ好機と、周囲に呼びかけたがる者もいるほどだ」

「なるほど……」

問題はこれだ
エルフでこれなのだ。

ピールズの抱える根深い感情を考えれば、トップ同士が話し合ったからと言って安心できることは何一つなかった。

ヴァイスやメルシアがまとめる獣人（じゅうじん）、竜人（ドラゴニュート）たちの反応も問題だ。

「我々の間でも意見は割れていますからね」

メルシアが言う。

論理的で冷静な竜人（ドラゴニュート）族たちですらこれだからな……。

もちろん種族を滅ぼした恨（うら）みがあるにしても、エルフ、獣人など、帝国が虐（しいた）げてきた相手が簡単に納得することはないだろう。

そして……。

「まあわかりやすく、うちが一番の問題だろうな」

ヴァイスが言う。

一度は前回まとめたとはいえ、くすぶりは残り続けるからな……。

「まあこればっかりは、時間をかけて何とかするしかないだろう」

「ユキアならば色々とやりようがありそうなものだがな」

「むしろ兄さんの場合は厄介ごとが向こうから舞い込んできますから、時間をかけて何とか、で済むとは思えません」

「不吉なことを言わないでくれ……」

シャナルの言った内容に心当たりがありすぎる。

「にしても、エルフたちも思ったよりも強情なものが多い。元々変化を好まぬものたち、十年やそこらで説得できるものばかりではないと思ってはいたものの、ああも強硬な態度とは思わんかった」

「それはちょっとうちも気になってたとこだな」

レイリックとヴァイスが言う。

元々説得は難しいと思っていたとはいえ、思ったより難航しているか。

「少し対策は考えないとだろうな」

「まあそれはそうと、ユキアにはさっそく厄介ごとが舞い込んできたようだぞ」

ニヤッとしながらレイリックが言う。

後ろを振り向くと……。

「ご主人様、お耳に入れておきたいことが」

ロビンさんがいつものように背後に現れていた。

「早速ですか」

シャナルが諦めたように言う。

一応確認しておこう。

「ロビンさん、いい話？　悪い話？」

「どちらかといえば後者でしょうな」

ロビンさんの言葉に、やっぱり……といった表情を見せるシャナルとミリア。

レイリックは笑っていた。

「魔人、というものをご存じでしょうか？」

「聞いたことがあるレベルだな……」

ずっとゼーレスの宮殿にいた俺にとってはブルスがギリギリわかる範囲、大陸の他の情報なんて考えるタイミングがなかった。

「そうでしょう。レイリック様やメルシア様は……？」

「直接関わることがないな。我々は本来森から出ない種族だ。これまでは生活圏が違いすぎた」

「同じく……私も見聞きはしておりますが、ほとんど物語の中の話ですね」

　エルフや竜人（ドラゴニュート）をしてその認識か。

「魔人とは、強大な魔力を有する亜人（あじん）の一種。本来人里とは遠く離れた場所に住んでおり、お互い干渉（かんしょう）することなく過ごしてきましたが、どうやら大陸に進出を果たしたとの噂（うわさ）が流れております」

　ロビンさんの言葉に集まった面々が真剣な顔つきになった。

「進出……ということは……」

「ええ。すでに大陸に……。ですが、魔人はその個体数が非常に少なく、大陸に入ったものもおそらく一体かと」

　一同顔を見合わせるが……。

「なら問題なかろう。ここに魔王と呼んでよい化け物がいるのだから」

　レイリックが笑う。

「おい……」

「だが実際のところ、魔人の対処はユキア頼みだろう。これまでと違って数でどうにかなる相手ではない」

「それは……」

　そうかもしれない。

というより……。

「まだ魔人が大陸に来たってだけで、敵対するかも接触するかもわからないんだろ？」

「それはそうじゃろうが、警戒するに越したことはあるまいて」

「ユキアさんですからね……」

ゴウマとミリアに言われる。

どういうことだ……。いやまあ、なんとなく自覚はあるんだけど。

そもそも警戒の必要がなければわざわざロビンさんが言わないからな……。

「魔人のことは情報を集めていくしかないな。とりあえず周辺でまだブルスへの恨みが強い地域を確認してフォローに回る」

「それしかないだろうな。エルフについてはこんな感じだ」

レイリックがそう言った次の瞬間には、ムルトさんが情報が書き込まれた地図を広げていた。

久しぶりに見たけどほんとにロビンさんといい、ムルトさんといい、すごいな。

「俺も一応まとめてある」

「鬼人族は反対はせん、ユキア殿に従おう」

「竜人族の情報はこちらに。ですがこれは、こちらでなんとか対応できる数かと」

ヴァイス、ゴウマ、メルシアもそれぞれ情報を出し合う。

「ゼーレスの情報は領地全体と合わせてロビンさんがまとめてくださいました」

ミリアの情報も合わせて確認していくと……。

「やっぱり獣人たちの反発が大きいか」

「すまんな」

「いや、ヴァイスのせいじゃないだろう」

それだけ帝国と獣人たちには溝があったのだ。

逆に俺がテイムした魔物たちはほとんど何も感じていないらしい。そもそも元々ブルスだろうとゼーレスだろうと敵視されていた彼らにはあまり関係ないんだろうな。

エルフは前回納得したかと思ってたんだけど、そう簡単ではないようだ。

むしろ前回の騒動以降合流した部分に問題があるらしい。

「やはり一番問題にならないのは我々でしょうか。竜人族は数が少ないですから、こちらで何とかなりそうです。問題はエルフの方々と、獣人の方々でしょうね」

「うちもうちで何とかする……というより、これはエリンにとってはある意味チャンスだからな」

レイリックの話になるほどと思う。

妖精王となったエリンだが、自信もなく、また周囲からの信頼もまだないと言える。

これはある種、エリンの力を示してエルフをまとめるための一つのイベントになり得るだろう。

だから今もこちらに来る余裕がなかったんだろうな。

「獣人の皆さんへの対応は、私、ゴウマさん、ヴァイスさんらの協力を得て、なんとかできるかと」

ミリアが言う。

目下最大の問題をゼーレスごと引き受けるということだ。

「大丈夫か？」

「はい。私ができるのはこのくらいですので」

「いや、十分すぎるだろ」

「いえ……。本当ならテイマーとして、ユキアさんやシャナルさんのような活躍の場を、と思っていたんですが……」

「え？」

シャナルが驚いた表情を見せる。

無表情のシャナルがそんな顔をするのは珍(めずら)しい。

「白虎。あれの対応ができるのはもはや、ユキアさんかシャナルさんだけでしょう？」

「そうか、魔人だけじゃないんだったな……」

セシルが何とかするといったものの、こちらも無視はできない。

セシルを見ると……。

「……帝国は正直いま時間も人手も手一杯よ。ましてや魔人だなんだと出てきたら、白虎を退けることはできても、根本的な解決に向けて動く余力はしばらくないわ」

悔しそうながらもそう絞り出す。

が、レイリックが追い打ちをかけた。

「つまり？」

「あーもう！　どうせお願いすることになるわよ！　白虎のことも！」

やけくそ気味に叫んだ。

「ふふ。ずいぶん素直になったではないか」

「うるさいわね。使えるものは使おうって話よ！」

レイリックとセシルが言い合っているが……。

「まあその辺は、ロイヤーのところに挨拶にいって考えるか」

使者もそろそろ戻ってくるだろう。

ひとまずその日はそれで解散となった。

久しぶりに領地でゆっくり眠ることができそうだ。

◇

「どうしたらいいんでしょう……」

部屋で一人、シャナルは膝を抱えていた。

辿り着いた時は簡素な応接用の建物しかなかったこの領地も、もはや街と言って良いほど開発が進んでいる。

今シャナルが過ごしている部屋も、いつの間にか作られた屋敷の一室で、ゼーレス王都の家より、もはや快適で豪華になっていた。

「本当に、皆さんすごいですね……」

建造物に関してはロビンが手を回していたであろう、とシャナルも把握している。

その上で、連携をとったであろうドワーフ王カイゼルや、その元で動いたドワーフ、ゴブリンたちのこと……さらにそれをテイムして使役している兄、ユキアのことを考える。

「皆すごい……けど兄さんは少し、すごすぎます」

褒めているのに愚痴のようにこぼす。

ユキアにとってシャナルは負けず嫌いな妹だが、当人の気持ちはもう少し複雑だった。

優秀な兄に置いていかれないよう、必死なのだ。

宮廷でテイマーそのものを馬鹿(ばか)にされていたユキアにも、宮廷を出てもはや化け物と称されるようになったユキアにも、本気で対抗しようと考えていたのはシャナルだけだ。

「いつまで経(た)っても追いつけないどころか……どんどん引き離されてしまうじゃないですか……」

ユキアに食らいつく理由は、ユキアに見放されたくないからだ。

家族というだけでユキアなら守ってくれるだろう。それがわかった上で、シャナルはただ守られるだけの、ユキアにとっての足枷(あしかせ)になりたくないと、そう考えていた。

だが……。

「神獣の相手なんて……兄さん以外にできるわけが……」

怖いのだ。

これまではあくまでも、ユキアができない範囲をカバーすることでなんとかユキアに対抗できているという自負を守り続けてきた。

書類仕事を率先(そっせん)したのも、第四の目(フォースアイ)の訓練を積んだのも、何もかも、ユキアに対抗するためであり、それと同時に、ユキアと比較されるのを避けるためのものだった。

「失敗したら……どうしよう……」

領地には既に三体も神獣が存在している。

兄のユキアはそれだけの成功を積み上げてきたということだ。

まだ白虎の対処をシャナルが担当すると決まったわけではないが、ずっとユキアを見てきたシャナルだからこそ、もう兄がどう考えているかよくわかる。

「兄さんは……私に白虎を任せるつもりでしょう……」

ユキアは相手にできると思ったことしか頼まない。

だからこそ怖いのだ。

その期待にもし、応えられなかったらと……。

そうなればずっと、シャナルはユキアにとって守るべき妹になってしまうだろう。

「それだけは……いやです」

兄さんと並び立ちたい。

兄さんに認められたい。

その想いは、ユキアが宮廷を追い出され、共に過ごす時間が増えてからより一層強くなっている。

「なんとかしないと」

今の自分では対応しきれない。

そもそもユキアのようなチート級のテイムもできない。

だがそれでも、兄(ユキア)はできると信じている。

その期待を裏切るわけにはいかない。

兄のためにも、自分のためにも……。

「まずは、白虎についてできる限りの情報集めですね」

一歩ずつ、確実に、シャナルらしく攻略法を見つけていく。

その姿こそ、一番認めてもらいたい存在(ユキア)がまさに認めている部分なのだが、シャナルにはまだその自覚はない。

今はただがむしゃらに、兄を追いかけていくだけだった。

◇

「おや、ご主人様、お客様のようです」

「客……?」

領地に戻って数日。

諸々の情報の整理をしつつ、ブルス帝都との連絡を待っていたところだった。

ロビンさんのもとに駆けつけてきたゴブリン執事たちが何やら言っている。

「セシルさん、あの様子にはもう慣れたんですね」

「……そうね。慣れたかもしれないわ。というより、よくわからないことが多すぎてもう考えるのを諦めたわよ」

「ふふ。それは良かったです」

出発時に色々なものを見てこいと言ったミリアがセシルに笑いかける。

セシルもセシルで、少し穏やかな表情をしていた……と思ったんだが。

「突然押しかけてすまぬな」

「お父様!?」

思いがけぬ来客――ブルス帝国、皇帝ロイヤーの登場に目を白黒させていた。

護衛を引き連れ、ゴブリンたちの案内で部屋に入る。

流石に俺も驚いたが、まず確認するべきは……。

「急用か?」

「うむ。大至急伝えねばならぬ。ところでどうだった? セシルは。嫁にはなれそうかの?」

「今その話はいいだろう……」

急用があると言ったばかりだというのに……。

「それもそうだの。だが娘の行く末は気になるものよ」

そう言って笑ってから、ロイヤーの表情が張り詰めたものに変わった。

わざわざ皇帝自ら来たくらいだ。相当重い話なんだろう。

そしてロイヤーが来てくれたのはこちらにとっても都合がよかった。俺たちも比較的急を要する案件で、今日向かう予定を立てていたからな。

まあまずはロイヤーから話を聞こう。

「心して聞け。お主らの使者が帝都に辿り着いて情報を聞いたのとほとんど同時に、南で大きな動きがあった報告が入っておる」

「大きな動き……？　アランドか？」

「ほう。知っておったのか？」

当たりか。

いや、それだけじゃなさそうだが、先にこちらの話をするか。

「精霊魔法の契約を交わしてきたけど、あれに少し細工をしていたんだ」

「ほう？」

「契約内容が破られたときにはすぐにこちらにわかるようにしておいた」

契約内容を守るために縛りつける方法もあるが、俺の力じゃ国は縛れない。

アランドの国王、キリスだけを契約で縛ったところで抜け道が多すぎる。ましてピールズは国の体もなしているか怪しい状況だったからな。

「なるほど。詳細はわかるのか？」

「いや……ただ今回結んだ契約は休戦。その意志がないってことだけだ」

「ああ。アランドは軍を編成している。だが、厄介なのはそこだけではない」

ロイヤーが目をつむり、こめかみを押さえながら言う。

「南東の拠点、ビンに任せていたあの地が、壊滅した」

「はぁ!?」

あそこが!?

ということは……。

「白虎か!?」

「南東の拠点は甚大な被害をもたらされたが、状況はまだわからぬ。だが、相手は白虎ではない」

「白虎以外にあそこを崩せる相手が……？」

あの場所は帝国の三割の兵力を割いた防衛拠点であり、長年魔物たちから帝国を守り続けてきたはず。

　魔物の群れや前線拠点となった獣人たちの集落のことを考えると、突然現れた軍が攻略してきたうえにさらにあの拠点を落とすことなど不可能に思える。

　ロイヤーと目を合わせ、言葉を待った。

「魔人だ」

「──っ⁉」

　まさに警戒していた存在ではあるが……。

「被害状況はわからぬが、帝都に飛んできた伝令によると、逃げ出そうと思えば逃げ出せる状況ではあったという。囲っていた魔物たちもほとんどうまく逃げているだろうとのことだ」

　ひとまずは安心か。

　あの地域にはもう、見知った顔が何人もいるからな……。

「ん？　ならアランドの契約破棄（はき）は……」

「明らかに魔人と連動しておる」

「……最悪だな」

「で、だ。余（よ）から提案……というよりもはや依頼だ」

「依頼か」

「ああ。援軍を頼みたい。南で起きた事件が広まるのは時間の問題だ。アランドを含め、そこに乗じて各地で戦闘が起こることはもはや自明の理。そちらを助けてくれとは言えぬが……白虎、そして現れた魔人の対処まで、もはや帝国内の人間では手に負えぬ」

まあ確かにそうか……。

ここからどんどん敵は増えるだろう。

魔人とアランドがどのように連携したかはわからないが、直接でなくとも南で起きたことが広まれば機に乗じて動き出す。

うちとしても魔人は何とかしないといけない相手だからな……。

「わかった」

「恩に着る」

「こちらもちょうどその話をしていたんだ。うちの領地でも、帝国に反発する勢力はまだまだいる」

「……そうだろうな」

エルフ、ドワーフ、獣人、竜人(ドラゴニュート)らはおそらく今回の騒動に乗じてさらに対立姿勢を強固に主張するか、あるいは強行してもおかしくない。

「それを食い止めるために、エルフ、竜人(ドラゴニュート)、そして獣人や魔物の主力部隊はそちらに割かざるを得ない」

「……」

だが考えがないわけじゃない。

「魔人は未知数だ。俺が対応する」

「ほう」

そもそも相手は一人と考えれば、多数で行っても仕方ない可能性が高い。

一撃で数を減らされてしまえばどうしようもないし、そもそも人数による戦術では犠牲が増えすぎるだろう。

最初から俺が当たった方がいい。

「ということは……」

シャナルが俺の意図をいち早く汲み取ったらしい。

「ああ。白虎の対処にはシャナルに任せる」

「やっぱり……」

「全体指揮はミリア、頼む。必要ならアランドの対処も。ゴウマ、補佐を」

「全体指揮!?」

ミリアもプレッシャーが大きそうだな。

だがまぁ、ミリアなら大丈夫だろうと思う。

「いつも通り神獣はそれぞれ預けようと思うけど……シャナル、何体までならいける？」

「え……」

一番危険なのは白虎の対応にあたるシャナルだ。

そこに戦力を割きたい。

「白虎の相手、という意味では神獣はありがたいですが、白虎をテイムすると考えるなら、預かる神獣が私のキャパシティを圧迫する可能性がありますね……」

シャナルが言う。

なるほど……確かにそうか。

「身を守ることができれば、後はなんとでもなるでしょうし……もし可能なら霊亀だけお借りできればと」

シャナルがそう言った途端、応えるように霊亀の精霊が姿を見せた。

「きゅるー！」

「なんかやる気みたいだな」

可愛らしく甘える霊亀。

元々人が好きで歩み寄りたいと願ったくらいだしな。

シャナルに何か、感じるものがあったんだろう。

「あの……」

当のシャナルは、不安そうにこちらを見つめていた。

「大丈夫」

つい、久しぶりに頭を撫でてしまう。

すぐにまずかったと思い返し、手を引っ込めた。

「あ、ごめん」

「あ……」

怒られるかと思ったらどこか名残惜しそうにするシャナルを見て、ようやく気づいた。

怯えてるのか……。

「シャナル」

「っ!? は、はい」

いつもの冷静なトーンではなく、うわずった声で答えるシャナル。

相当余裕がないな……。

「大丈夫、シャナルならできる」

「あ……」

怒られてもなんでもいい。

妹の不安が少しでも拭えるならと、もう一度頭を撫でた。

目を合わせ、ただ頭を撫でただけ。

しばらくそれを受け入れていたシャナルだが、ふと我に返ったように身体ごと俺の手を避けていった。

「そ、その……私はもういいですから……」

感情の整理ができていないおかげか怒られこそしなかったが複雑な表情で次に行けと促してくる。

まあ一旦は大丈夫そうか。

神獣を扱う必要があるとしたらあとは……。

「ミリアは――」

「流石にお借りできません。ユキアさんが一番危ない場所に行くんですから」

「まあそうか」

「まあそうか、じゃないですからね!?　ユキアさんに何かあれば……」

そこで言葉を止める。

そして、真剣な目で改めてこう言った。

「ユキアさんに何かあればこの領地は崩壊（ほうかい）します。その自覚を持って、必ず帰ってきてください」

「嬢ちゃんはユキアに一番効（き）く言葉が何かようわかっとるのう」

ゴウマが笑う。

確かに今のは効いたな……。

「兄さん……」

「ああ。まあやばそうなら逃げてくるから」

魔人の力は未知数だが逃げるくらいならできるだろう。

というより、それができない相手となると、もう出直したところでどうしようもない。

「逃げ帰ってくれれば総力戦にできる。その時はすぐに動けるようにしておこう」

「そうですね。竜人（ドラゴニュート）族も集めて……」

「わしらは暴れ足りんくらいだからのう」

レイリック、メルシア、ゴウマが言う。

頼もしい限りだ。

とはいえ、一番被害が少ないのは俺が何とかするパターン。ここで何とかしたいところだな。

「じゃあ俺は魔人、シャナルは白虎の対応。後のことは任せるぞ」

レイリックをはじめとしたみんなが笑って頷(うなず)いてくれた。

本当に頼もしい限りだな。

とはいえ……。

「もう少し情報が欲しいか……」

「であろう。そのために余が来た」

ロイヤーが言う。

「これがブルスを囲う戦場だ」

地図を広げると、各地にどれだけの兵を割き、どれだけの相手がいるのかが事細かに記されていた。

「お父様……これは……」

「ああ。軍務卿(きょう)たちしか持ちえぬ最重要情報。各地の将ですら知らぬ」

まあ、この情報だけでブルスを落とせると言ってもいいほどのものだからな。

「これをここで広げた意味、わかるな？　今よりここが帝国の総司令部にもなる。その任をまかされたミリア殿に、この情報は必要だろう」

「私が……」

「セシル、ミリアのサポートを頼む。専門分野だろう？」

「え、ええ……でも……」

いつも強気なセシルが珍しく及び腰になる。

父であるロイヤーが笑いながら言った。

「情報だけならばセシルは知っておったが、これを見て実際動かすとなると緊張もするだろうな」

「こんな規模で作戦を立てることなんてないじゃないですか……」

「そうだ。国をあげての総力戦。兵の動きは全権セシルに与える。ミリア殿、セシルを通じて帝国戦力を指揮していただきたい」

「私がですか⁉」

「この地に他に適任者が？」

「ミリア以外いないだろ」

「うぅ……」

まあいきなり過ぎるし困惑（こんわく）するのもわかるが、仕方ないだろう。

俺が魔人。

シャナルが白虎。

そのほかの戦線のことはすべてミリアを中心に任せるしかない。

いや、こう考えると負担が大きいな。

だがミリアは一度深呼吸をすると……。

「ユキアさんは、自分のやるべきことに集中してもらって大丈夫です」

「任せる」

「はい！」

領地にはみんながいる。

帝国を恨む相手はともかく、それ以外の思惑（おもわく）を考えれば、今回は人類対魔人の戦いにもなりうるだろう。

ゼーレスの戦力も含め、領地、そして帝国が手を組む必要が十分にある。

「魔人と白虎は俺たちに任せてくれ」

そう言ってシャナルと目を合わせる。

何も言わないが、シャナルはしっかりこちらを見て頷いていた。

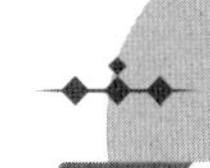

出発

「話せるか？」

「兄さん!?　す、少し待ってください」

帝国から皇帝が訪ねてきた日の夜、ユキアがシャナルの部屋を訪ねていた。

次の日から再びブルスを越え戦場となっている南に向かう手筈になっており、今日は領地でゆっくり過ごせる最後の日だ。

ユキアは領地に残る面々のために時間を使うと思っていたシャナルにとって思いがけぬ来訪。

慌てて準備を済ませて、ユキアを迎え入れた。

「ど、どうぞ」

「急に悪い。……大丈夫か？」

ユキアの不器用な言葉にシャナルは内心苦笑する。

ユキアからすればシャナルは何を考えているかわかりにくい妹だった。何なら今も、昼間に頭を撫でた件を怒られないかなんて余計なことを考えているくらいだ。

シャナルはユキアの前で感情を出さないようにしていたし、ユキアもユキアで鈍い部分がある。

だがそれでも、お互いがお互いのために行動しているという信頼感だけはずっと維持されており、今もシャナルにはユキアが来た理由はよくわかっていた。

「大丈夫かどうかでいえば……わかりませんね」

「わからない、か」

「はい」

それがシャナルができる最大限の甘え方だった。

「俺が最初にテイムしたのは、父さんに連れて行ってもらった先で出会ったトカゲだったと思う」

「トカゲだったんですか？」

「ああ。竜の子どもだ、なんて言いながらテイムの仕方を教えてくれた」

「父さんらしいですね」

シャナルが笑う。

二人の父は宮廷において、ユキアと同じような嫌がらせを受けていた。

さらに言えば、ユキアほどの力もなかった。

だが彼は、持ち前の明るさとその人柄だけで宮廷での生活を乗り切りながら、ユキアに、そしてシャナルとシャーラにまで、自身の技術を伝授した。

「父さんが狙ったかどうかはともかく、トカゲはテイムが難しい相手だ」

「そうですね……。何を考えているかわかりにくいですから」

「ああ。おかげで苦労した」

「兄さんが？」

「そりゃそうだ。初めてのテイムで何もわからないのに」

テイムは相手の要求を聞いての交渉術だが、最初から相手の求めるものがわかっているなら話が早い。

魔物や獣のほうが一般的に相手が求めるであろうものがわかりやすいのだ。

要求されやすいものは食べ物、身の安全などだが、トカゲは食べ物に対して強い執着がない。

元々数日に一度しか食事しない生き物だから当然だろう。

身の安全についても、基本的に人間相手ならすぐに逃げられるので気にしている素振りがない。

「今となってはテイムで交渉を持ちかけるのも普通だけど、あの時は事前情報なしじゃ対応できないと思ってたからな」

ユキアの言葉にシャナルが少し目をそらす。

自分はまさに事前情報を集めて対応しようとしていたところだ。

「もちろん事前情報も必要だが、結局相手は種ではなく個だ。それは神獣だろうと、魔物だろうと、トカゲだろうと変わらない。あの時のトカゲが要求してきたの、何だったと思う？」

「え？」

「空から景色が見てみたい、だ。野生のトカゲがそんなこと思ってるなんて思わなかったし、あれから色々テイムしてきたけどそんなこと言ったのはあいつだけだ」

ユキアが懐かしむように空を見上げた。

「それはすごいですね」

「神獣は、そういうやつらだ」

ユキアが静かに言う。

三体の神獣をテイムしてきたユキアからのアドバイス。

やはりユキアはよく人を見ているんだな、とシャナルは改めて思う。

まさに今自分が感じていた課題と疑問をわかっていたかのような話だ。

白虎の情報をできる限り集める。そう決めて数日動いたが、ゼーレス王都ならともかくユキアの領地に資料など残されていない。

実際のことを知っている可能性がある人へ聞きこむくらいしかできない中で、学べたことといえば霊亀が教えてくれた白虎の過去くらいだ。

白虎は確かに攻撃的ではあるが、それはあくまで邪気に対する攻撃性であり、意味もなく破壊行動を行うものではないと。

獣たちの王として帝国に牙を剝くならわかるが、襲われたのは豚の獣人たち。

何かおかしい、と。

つまりもう、情報が意味を成していないのだ。

そして当然ユキアも、このイレギュラーを知っている。

「今回は俺がテイムしてきた三体より難易度は高い」

その言葉は暗に、シャナルに無理するなと忠告していた。

狙ってかどうかはともかく、この言葉はシャナルをより奮起させる。

「兄さん。私ももう成長したんですよ？」

ユキアに認められたい。

その一心でやってきたシャナルにとって、ここで引き下がることはこれまでのすべてを否定するようなものなのだ。

弱音を吐けばユキアはシャナルを助けるだろう。

一人で魔人も白虎も何とかしようと無茶をするのは目に見えている。

だからこそ……。

「大丈夫です」

甘える時間は終わりという意思表示。

ユキアもそれ以上は踏み込まない。

「今日はゆっくり休むんだぞ」

「はい。兄さんも」

ユキアが立ち上がる。

手を伸ばして引き留めようと一瞬考えて、すぐにシャナルが手を引っ込めた。

「おやすみ」

「おやすみなさい」

ユキアが部屋を出てから、一人でシャナルは考え込む。

「私は……どうしたいんでしょう……」

最後に手を伸ばそうとしたことに、自分で驚く。

焦(あせ)りだろうか。

兄が宮廷にいた頃は良かった。ただ見えない兄を追いかけているだけで良かったから。

追いかけてさえいれば、兄は家族を見捨てない。

どんな状況になっても、家族として、特別な存在として接し続けてくれただろうという安心感があった。

「けど……」

今は違う。

領地に集まったみんなは、それぞれがユキアにとって特別になった。

家族というだけで、妹というだけで特別を守ることは難しくなったと、シャナルは考える。

「私は……」

一人前に認めてもらわなければ、これから先は隣にいられない。

特別でいられないのだ。

だから……。

「白虎は、必ず私が……」

思いつめた表情のまま、シャナルはなんとか眠りについたのだった。

◇

「さて……」

翌朝。

領地を出る俺とシャナルを見送りにみんなが一度集まってくれていた。

「本当に護衛もつけないいんすか⁉」

「アドリ……久しぶりだな」

「ほんとっすよ！　俺がこっちいるときに限ってユキアさんいないいんですよ！　いつも！」

とはいえアドリももうこの領地で重要な役割を果たしているからな。お互い忙しくなればこうなってしまうだろう。

「護衛も何も、ユキアを守れるほど強い存在がもういないだろうに」

「本当なら王にこんなふらふらしてほしくはないんじゃがのう……」

レイリックの言葉にゴウマが諦めたようにつぶやく。

「無理はしないでくださいね」

「ああ」

ミリアが心配して寄ってくる。

ミリアが動いたおかげで、隠れていたエリンの姿が見えた。

「あう……」

「エリン、来てたのか」

「その……頑張って……ください……」

それだけ言ってサッとミリアの後ろに隠れる。

少し話してない間にまたなんというか……距離ができたな。

「ユキア、エリンにも婚約の話をしておいたからな」

「そのせいか……」

「ミリアを認めた上ブルスの姫まで来ているのだ。こちらも進めねばならんだろう」

「にしてもタイミングがあるだろ……」

エリンの顔が真っ赤だし、飛び火してミリアまで赤くなっている。

セシルが何か言いたげな表情をしているが……。

「なによ」

「いや、何も言ってこないのかと思ってな」

「……思うことはあるけれど、そもそもお父様が直接あれだけの軍務機密を持ってきてるのよ？　私が嫁いだところでもうそちらにメリットがないでしょう？」

「あー……」

そういうことを考えていたわけか。

確かにロイヤーがセシルを嫁にと言ったとき、そこも推(お)してきていたが……。

「情報もあるけど、権限もじゃなかったか？」

「それももうあんまり関係ないわよ？　私の権限、あっちのお姫様に渡せたし」

「え？」

セシルがミリアを見ながら言う。

「あはは……なんかそういうことになっちゃいまして……」

「わしも補佐はするが……アドリ、お主も働いてもらうぞ」

「が……頑張るっす」

動かす戦力がかなり大きくなったな……。

というか……。

「ロイヤーもここに残るのか」

「うむ。少なくともお主らが魔人と白虎を押さえるまでは、指揮系統を統一しておいた方が良かろう」

「まあそうか」

領地にはミリア、ゴウマ、アドリたち……。竜人族(ドラゴニュート)や鬼人族(オーガ)、エルフ、ドワーフや魔物たちが住んでいて、ここはある意味一番安全ではある。

「じゃあセシルもここで――」

言いかけたところだった。

「私も行くわよ」

「え？」

驚いてセシルを見る。

「なんでまた……」

「私の役割は確かに軍務卿として全体を見ることだけど、今回の目的は外を見て回ることでもあるでしょ」

「それはそうだけど……。俺は守れないぞ？」

「いいわ。というより、あんたについて行く気はないわよ」

「えっ!?」

今度はシャナルが驚く番だった。

「ついて行こうにも、あんたの兄はついて行けない方法で移動するんでしょう？」

セシルの言葉通り、俺の移動は青龍の権能で行う予定だった。

竜より速いのだからついてくる方法がない。

「私なんて兄さん以上に――」

「守らなくていいわよ。死んだらそれまで。足手まといになるつもりはないわ」

セシルがきっぱり言う。

「一緒にいることが負担になりそうなこともわかるし、私は南の拠点(きょてん)の様子が知りたいから途中までよ」

確かに帝国の要人として、被害を受けた地域を実際に見るのは必要だろう。

「メルシア。動ける竜人族(ドラゴニュート)はいるか？」

「五名ほど」

「ならセシルにつけてやってほしい」

「わかりました」

護衛の意味もあるが、それ以上に……。

「セシル、自分が見てきた情報をまとめて伝えてくれ」

「わかったわ」

伝令役だ。

これで最速で情報を行き来させられるはずだ。

「えっと……兄さん……」

「途中まではセシルたちと行動するといい」

「それは助かりますが……」

ずっと一人でいないといけないわけでもないだろう。

白虎のテイムは完全に任せたとはいえ、まだ気持ちの整理はついていないだろうからな。

そういう意味でセシルはありがたいし、もしかするとセシルもそれがわかっての提案かもしれなかった。

領地のことは皆に任せ、ようやく出発となった。

シャナルはセシルと一緒に遅れて出発するようで、俺が先に出てきた。

青龍のおかげで出発した次の瞬間には目的地に辿り着けるわけだが……。

「これは……想像以上だな」

中継地点を挟んでからビンたちと会った拠点に向かったが、思った以上に悲惨な光景が広がっていた。

テイムした魔物に掴まって上空から見下ろすとよくわかる。

町として栄えていた面影はかすかにしかないほど、城壁を貫いて町ごと破壊し尽くされていた。

「魔人……ここまでの力なのか……」

とはいえ被害はほとんど建物が中心で、倒れている人が少ないのは不幸中の幸いか。

ビンが無事なら状況を聞こうかと思ったが、ちょっともう俺の相手をしているどころではないだろう。

こちらには後でセシルも来るしそのことだけ手紙で伝えておこう。

「もう魔人も白虎もここにはいないみたいだし、捜すか」

魔人とアランドが連携していたということはピールズの様子も見ておいた方がいいだろう。

ここが南東の地域。

西に向けて移動を開始する。

問題は捜し方だが……。いずれにしても俺の情報の集め方はこれになるし、移動しながら少しずつやっていこう。

「【テイム】！」

周囲の魔物たちを一斉にテイムし、魔人や白虎の目撃情報がないか確認する。

まず魔人の情報だが……。

「これだけの力を持った存在がその瞬間しか認識されてない……？」

テイムした従魔たちに聞いても、認識されているのは拠点を破壊した時のものだけ。

どこから現れ、どこに消えたのかが全くわからないのだ。

「これは……結構厄介そうだな」

魔人が自分の意志で移動しているとすればどうしようもないと言える。

移動速度も目的もわからないのだから。

だが今回はヒントとしてアランドの動きと連動していたというのがあるから……。

「アランド周辺にヒントがあるか。もしだめなら……さらに南に行って情報を確かめるか……？」

悩ましい。

いずれにしてもアランド、ピールズの様子を見て、情報を集める必要はありそうだ。

「で、白虎は……」

こちらも行方は正確にはわからない。

だが豚の獣人たちが襲われていた集落を境に、さらに南の森の中に潜伏している可能性が高そうだった。

この情報は後で来るシャナルとセシルのために、ビンに届ける手紙に書き加えておこう。

それと同時に、復興の妨げにならないよう魔物たちを誘導しておいた。

「まだ帝国と魔物がすぐに連携するのは無理だろうし、このくらいが限界だな」

ピールズのある西に向けて少しずつ移動しながらテイムを続ける。

広域にできるとはいえ限界もあるし、相手によっては姿が見えてないと難しいので権能は使わない。

出会った魔物たちを乗り継いで、情報を集めながらの移動だ。

「相変わらず魔人の情報はないか」

幸いというかなんというか、こちらでは白虎の目撃情報がない。

東にいてくれているんだろう。

「にしても……」

すでにこのまま南下すればアランドが見える程度には西側に移動しているが、ここまでは魔人は目撃情報どころか存在すら認知されている様子がない。

少しくらい何かわかるかと思ってたんだけどな……。

「一番あり得るのは、アランドの宮殿で控(ひか)えてるパターンかと思ったけど……」

この段階で周囲の使い魔たちが認識できないのは気になる。

「一度ピールズに行って話を聞いてから戻るか」

セシルたちがこちらにやって来て情報を共有し始めるまでにタイムラグがある。

司令部となったミリアたちのためにも先に情報を仕入れておきたいという狙いもあった。

「まずはピールズに、ちょっと急ぐか」

テイムした魔物たちの中でも速度の速い飛行型の魔物に乗り換えて、ピールズを目指していった。

「ちっ……。嗅ぎまわってやがる……」

アランド王国の宮殿の一室。

爪を噛みながら元ゼーレス王国第三王子、末弟のギリアがイライラしながらつぶやく。

「何を苛立っているんだい？　別に嗅ぎまわっているだけで、嗅ぎつけられたわけでもあるまい」

「お前はあいつを知らないから呑気にしていられるんだ！」

落ち着かない様子でガジガジと爪を噛みながらギリアが叫ぶ。

キリスがやれやれといった調子で受け流し、部屋にいるもう一人に視線を移す。

「どう思う？　そんなに厄介そうな相手なのかい？　あのテイマーは」

視線の先には腕を組み険しい顔を浮かべる一人の男。

一人の男、と片づけてよいほど人間らしい見た目はしておらず、青黒い肌にむき出しにされたような筋肉質な身体をしている。

そして何より、溢れ出る規格外の魔力がただものでないことをよく示していた。

魔人だ。

「目的が達成できればそれで良い」

質問に答える気はなさそうだった。

キリスも気にすることなく話を続ける。

「目的、ねえ。君の目的地はどこにあるんだい？」

「……」

それっきり黙りこくる魔人の男。

詳細はキリスもギリアもわからずだった。

「まあいいさ。僕らはあの帝国に攻め込むために協力する。それだけだろう？」

「今はそれでいいさ。でも――」

ギリアがそれでも食い下がろうとしたところで、魔人の男が立ち上がった。

「――っ!?」

ビクッと身体を震わせ言葉を止めるギリア。

「な、なんだよ」

「行こう」

「行こうってどういうことだよ」

「その男のところへ。目的の障害になるのだろう」

「へえ……」

ギリアが笑う。

「やる気になったのはいいけど、本当に勝てるの?」

「人間が一人で来たところでどうということはない」

「そっかそっか。なら任せるよ。僕はあいつさえいなければ他の所はなんとでもできるからね。あの可愛(かわい)いペットもいることだし」

「あの獣か」

「そうそう。あの子さえいれば僕の身の安全は保障されるし、兵が動く道も確保できちゃうからね」

神獣白虎。

魔人の能力により一時的に従えた強力なカードに、ギリアは酔いしれていた。

だがだからこそ、ユキアをいやというほど警戒している部分もある。

なんせユキアはその強力なカードを三枚も切れるのだから。

魔人がコントロールした白虎は、理性を奪い取られた代わりに凶暴性を増しており、その分力は強くなっている。

だがそれでも、さすがに同格の存在と三対一でぶつかればひとたまりもないとギリアは考えていた。

「あれをなんとかしてくれるんなら、あとは任せてよ」

「アランドの兵士はいつも通り帝国とぶつかるよ。それでいいんだね？」

「うんうん。あとは周りのコマを使うからさ」

「コマ、ねえ」

「ああ。あいつら馬鹿だよ。僕がちょっと話しただけですっかり何もかも信じ込んで帝国に攻め込もうとしてるんだから」

いやらしくギリアが笑う。

そう。

周辺国への根回しはすでに終わっているのだ。

ピールズこそ邪魔されたものの、各地の小国はギリアが説得し、同時に展開できるよう調整されている。

ユキアが、正確にはセシルが目を付けた三拠点とは別。帝国を囲い込むように、小規模な国家や集落が同時に動く。

さすがにここまではセシルも警戒できなかったし、それを責めるのも酷だ。

通常はあり得ない手段で、ギリアはその根回しを終えていたから。

「これも魔人の力なんだってねえ？　全くあいつもだけど、便利な力を持っていて羨ましいよ」

あいつ、が指すのはユキアであり、そしてテイマーすべてだ。

ギリアは一言でいえばずる賢い男だった。

王国ではミリアより下の末弟ながら、宮廷内でしっかりと立ち位置を確立していた。

今もこうして優位なポジションを作り上げてはいる。

「君のおかげでみんなすーぐ言うことを信じてくれるし、楽で楽で仕方ないよ！　これなら本当に帝国を滅ぼせる！　次はミリアを何とかしてしまえば、もう僕はゼーレスでもブルスでも王様だ！」

高笑いするギリアを呆れながら見るキリスと、興味のなさそうな魔人。

そんなことに気づかずになおもギリアは高笑いをしながら続ける。

「僕はさ、別に兄さんたちが王位を継ぐならそれでよかったんだよ。でもさでもさ、あのミリアがだよ!?　あんな出来損(できそこ)ないのミリアに譲(ゆず)るくらいなら、僕が王様のほうがきっとみんなも幸せだよ」

　ニヤニヤといやらしい笑みを浮かべながら言う。

　出来損ない、と言い切ったが、別に王宮にいたころ自分の能力とミリアの能力を比較したことはないのだ。

　ただただ周りがミリアを出来損ないというから。それだけの理由でこうも調子に乗れるのが、ギリアだった。

「ふふふ……。それにあのテイマー。雑用係のくせに調子に乗りすぎなんだよ！　僕がしっかり王族の在(あ)り方を教えてあげないと」

　ギリアは止まらない。

　キリスがため息をつきながらこう言った。

「あまり呑(の)み込まれないようにね」

「なんのことだい？」

「いや……いいんだ」

　ギリアが小国をまとめた魔人の力はマインドコントロールのようなものだ。

魔人の目的のために忠実に動くコマとなるようなそんな力。

ギリアはその力を利用していると思い込んでいるが、実際にはその力に少なからず影響されている。

キリスは少しだけ寂しそうに、変わりゆく友人を眺めていたのだった。

「何の音かと思ったらお前か。何事だこいつぁ」

少し状況が変わった。

アランドの周囲には国や集落が複数存在し、それらの様子が少しおかしかったのだ。

更に言えば、アランドからピールズのある森に来るまでの道のりが魔物も住めないような過酷な砂漠だったこともあり、青龍の権能を使ってショートカットしてきた。

まだ着地の衝撃は殺しきれず、騒ぎを聞きつけたガルダが出てくることになってしまっていた。

「悪い。急用でな」

「何があった？」

「アランドが停戦協定を破った」

「はぁ!?　お前のあの力を見てそんなこと……」

「東で起きた事件は知ってるか？」

「んや。お前さんからすればすぐかもしれんが、普通この地の外の情報なんざ出回らねえんだ。わざわざ来たってことはなんか聞きたいこともあるんだろう？　こっちに来い」

ガルダはそう言うと背を向けて歩き出す。

しばらく後ろをついて行くと……。

「ここだ」

「おお……」

連れてこられたのは洞窟の入り口。

内部の様子が覗け、獣人たちが生活していることがよくわかった。

「建物もあるにはあるがここが一番頑丈でな」

「すごいな」

あらゆる種族の獣人が集まっているからこそ成り立っているんだろう。少なくともガルダには洞窟の中に拠点を作る発想と技術はなかったと思える。

「これがこの地の強みだな」

そう言いながら洞窟の中を進み、広い食堂のような部屋に通される。

いつの間に呼びかけたのか、ガルダ以外の主要な面々が集められたようだった。

「で、何が聞きたいんだ？」

一通り集まって席に着いたところでガルダが切り出した。

「その前に情報共有からいこう。東で起きた話からだけど……魔人について、知っているか？」

正直なところ、まずは魔人の存在から話さないといけないと思っていた。

だがガルダたちの反応は俺の思っていたものと違った。

「――っ!?」

「知ってるのか」

「知ってるも何も……俺たちが帝国と争うことになったきっかけはそこにある」

「そうなのか？」

意外な繋がりだ。

しばらく考え込むようにしていたガルダが、顔を上げてこちらを見た。

「魔人……ここと は異なる世界の存在だが、たびたびこの世界に現れる。なんでかわかるか？」

「なんで、とは？」

「ああ悪い、目的じゃねえ。手段の話だ。俺たちは魔人に干渉できず、魔人も少数でしかこの世界に存在できない。その理由だ」

なんとなくは聞いていたが、そもそもこの話自体がほとんど初耳の俺にしてみればその質問は答えることが難しかった。

　その様子をガルダも理解したようで、俺の答えを待たずに続けた。

「向こうとこちらを繋ぐ道……そのゲートが、この世界には点在している」

　ガルダが言う。

　おおよそそれだけで、今までの話が繋がった。

「ゲートを守っているのか？　ガルダたちが」

「ああ。人間、獣人、エルフ、ドワーフ……あらゆる亜人(あじん)たちがそれを守っている。お前さんたちは幸いにしてその役目に選ばれなかったらしい」

「そうみたいだな」

　ゼーレスの王宮でも聞いたことのない話だった。

　魔人の話を出した時点でこの話をしていないのだ。おそらくブルスもそうだろう。

　というより……。

「その役目がある種族は、あまり大きく領地を広げられないか」

「領地を広げて守る手段もあるが……まあほとんどは目立たんようにひっそり過ごしているだろうな」

「なるほど」

ガルダたちがそのゲートを守る存在であることはわかった。

そのうえで……。

「東に魔人が現れ、ブルスの拠点が崩壊した」

「なっ!?」

やっぱりこの情報は知らなかったようだ。

「確認されている魔人は一体だ。何を目的に動くと思う?」

ガルダが少し考える。

「ゲートには規模の差がある。通常は魔人が一体通ればそれでそのゲートは百年単位で使えなくなるわけだ」

それで魔人は数が少ない、と。

だが規模の差、ということは……。

「大規模なゲートを開きに来るのか?」

「ああ。この世界に現れた魔人は通常、そのために侵略を始める。それが魔王なんて呼ばれる理由だろう」

物語の中の、伝説のような存在だった魔王という言葉が、一気に現実味を帯びてくる。

一体で圧倒的な力を持つ魔人が大陸を支配する、王としての側面ばかり見ていたが、実際には……。

「向こうからこちらに仕掛けてくる、侵略戦争か」

「そういうこった。すでに一体出て来て、アランドは停戦を放棄したんだろう？　答えは出てるようなもんだ」

「魔人を呼んだのか？」

「ああ。ゲートを開ける方法はいくつかある。大体は管理しきれなくなったゲートを向こうが発見してたまたま開くパターンだが、こちらから開くこともできなくはないからな」

「できなくはない、レベルなのか？」

　俺の問いかけにガルダは心底嫌そうな顔をしてこう答えた。

「ゲートを開く代償は、この世界の生きた生物のエネルギーだ」

「っ!?」

　嫌な繋がりを感じる。

「キリスの要求した百人って……」

「一般人ならもっと人数が要るだろうが、あそこは生まれながらそこそこ魔力を持った人間が生まれやすい。獣人も人間よりは頑丈だ。要求した人数でもう一つゲートを開けることもあり得るだろうな」

すぐにセシルとロイヤーに向けて手紙を用意する。

「アランドの様子は？」

「軍を準備してる」

「なら、一気に動くぞ」

ガルダが険しい表情で言う。

そしてそのガルダの言葉はすぐに現実のものになった。

俺たちの部屋に外から獣人が駆け込んできたのだ。

「ガルダさん！　連絡が途絶えていた周囲の集落の調査隊が帰ってきました！　領地ごと滅ぼされた地域と、老人だけを残し移動した地域などが……」

「ちっ……もうここまで動いてやがったか」

ガルダが立ち上がる。

「あんたの力でこの領地、守れるか？」

「ゲートは複数あるんだろう？　魔人とアランドを止めた方がいいんじゃ――」

「あんたにだからもう話してやる。この地が守ってるゲートはな、魔人が百は通れる特大のもんなんだよ」

「えっ」

「周囲にこんな規模のゲートはねえ。どうあれ最後はここに来るぞ」

ガルダが叫ぶように言う。

情報を整理しよう。

ゲートを開くにはエネルギーが必要で、この領地は特大のゲートを抱えている……。

「ガルダ。停戦協定を解除しよう」

「はぁ!? 何を……いや、そういうことか」

ガルダが意図を理解する。

魔人側はブルスに敵対する勢力でまとまっていることを考えれば、ピールズも対ブルスとして振る舞っておいた方が安全なのだ。

この地に今、エネルギー源となる存在を集めるわけにいかない。

幸い停戦協定はまだ対外的に発表されていないから、契約を解除して見かけ上戦っておけば下手なことにはなりにくい。

「停戦協定を解除してからはどう動くつもりだ?」

「魔人を倒す」

「それは、ここでって意味じゃねえな?」

ガルダが言う。

最終的にはここに来る、とガルダは言ったが、わかってる情報だけでもここに来るまでに被害が広がる可能性が考慮できる。

　できるなら早い段階で何とかしたかった。

「……お前さんが言うんならまあそれでいいが……あれは文字通りこの世のもんじゃねえ。普通は一人じゃ倒せねえぞ」

「ああ。だから、こいつらがいる」

　青龍と鳳凰（ほうおう）の精霊を喚（よ）び出す。

　可愛（かわい）らしく鳴きながらすり寄ってきてくれた。

「お前さんもまぁ、化けもんだったたな」

　ガルダが笑う。

　物語の中じゃ魔王を倒すのは勇者だったはずなんだが、どうもそういう構図にはならなそうだな……。

◇

「嬢ちゃん、大丈夫か」

「はい……。アランドの停戦破棄……ほぼ間違いなくギリアが関わっています。あの子なら何をするか、大体想像できますから……」

「にしたってこれは無理があるだろうて。ブルス周辺の細けぇ領地まで整理したって、こいつらが一斉に動いたりしないだろうに」

ゴウマの言うことは本来もっともだが、この場合ミリアの警戒心の方が正しい結果を導き出していた。

全体指揮を任されたミリアは敵対勢力を事細かにまとめ、各地にどれだけの戦力を割くかの指揮を執る。

ブルスの戦力ごと任されたミリアは休む間もなく次々に指示を出し、ユキアの領地からゼーレス、ブルスまでの戦力を動かし続けていた。

「すさまじいな……」

その働きぶりはロイヤーがこうして舌を巻くほどだった。

ロイヤーも連れてきた従者に指示を出しながら忙しく動き回っており、竜人族の対応に当たっていたメルシアも司令部に戻ってきている。

「流石にそろそろ伝令が足りなくなりますね」

メルシアがまとめていた竜人族については、最も反発が少ない。それはある事情があって問題が解消したことが大きい。

ブルスとの停戦に反対していた竜人(ドラゴニュート)族は、ゲートの守り人を担(にな)っていたのだ。

状況を共有すればすぐに協力体制が敷(し)けるようになっていた。

「出発前にユキアさんがテイムした魔物たちを預けてくださっていて助かりました……とはいえ、使者として話ができてスピードも出せる、となると竜人(ドラゴニュート)族の皆さんに頼ることになりますが」

「最悪私も動けますから」

「そうですね……」

ミリアも、パトラに騎乗しての移動を想定しているくらいだった。

バタバタした司令部。

それぞれの司令部は事実上、姉弟対決となったのだった。

「大丈夫なの？　あなた」
「すみません、心配をおかけして……」

「私はいいわよ。そもそもそういう話じゃなく、本当に神獣の相手なんて引き受けて大丈夫だったのと聞いているのよ」

ユキアと比べれば比較的緩(ゆる)やかな空の旅となったセシルとシャナル。

移動中も会話する余裕がある二人だが、騎乗している竜は大陸を見渡しても最速クラスだ。

戦闘慣れしているように見えない若い二人が乗りこなす様(さま)は知らない人が見れば驚くものだろう。

さらに周囲は五匹もの竜が取り囲んでおり、のんびりとした会話には似つかわしくない光景が広がっているが、二人は気にする様子もなく会話を続けた。

「あの領地の状況を考えれば、私が引き受けざるを得ないですから」

シャナルが答える。

それを聞いたセシルは……。

「はぁ……」

盛大にため息を吐いていた。

「ええ……」

「あの領地の人間は、あの化け物に毒されすぎよ」

「化け物……」

兄に対する評価に複雑な表情をするシャナル。

セシルは構わず続けた。

「やらなくてはならないこと、という判断軸は確かに必要だけど、不安に思うなら周りをもう少し頼るべきよ。まして神獣の相手なんて、不安になるのは当然じゃない」

「それは……」

「大したことないなんて言うやつがいるとしたら、もう本当にあの化け物くらいよ」

「あはは……」

確かにな、とシャナルも笑う。

神獣のテイムをこともなげに行う兄のせいで少し、自分の感覚が狂っていたんだなと思い知らされた。

「あなたが今からやろうとしていることはとんでもないこと。それだけは覚えておくといいわ」

「ありがとうございます」

セシルなりのエールを受け、シャナルも少し気持ちが軽くなる。

ただセシルのエールは、それだけでは終わらなかった。

「で、その上でだけど、まだ何か悩んでるんでしょう?」

シャナルが驚いてセシルの方を見る。

「な、なによ……」

「いえ……すみません」

「いいけど……で、何が悩みなわけ？」

セシルが笑いながら問いかける。

普段誰かに甘えることをしないシャナルだったが、その笑みを見て話を始めた。

「おかしな話なんですが……私は自分がどうしたいのかよくわからなくなっていまして……」

「そんなの皆そうじゃないの？　私だって何がしたいかわかってないわよ。少なくとも竜に乗ってこんな行ったり来たりの生活、少し前は全く望んでなかったわ」

「あはは」

「まあ私のことはいいけど……で？　どうしたいかわからない、ね。私からすればあなたのしたいことなんてすごくわかりやすいけど」

「え？」

意外な言葉だった。

自分のことながら答えが見つからない問題なのだ。

他人に、まして付き合いが長いとはいえないセシルにそんなことを言われるとは思っていなかった。

「わかりやすい……ですか？」

「ええ。簡単じゃない」

竜に乗って進行方向を向いていたセシルが、シャナルの方を向いてこう言った。

「あなたはあの男に認められたい、そうでしょう？」

「それは……そうなんですが……」

認められたいという思い。

それと同時にどこか、認められてしまうことへの恐怖のようなものを感じていたのだ。

だからこそ迷っているんだが、と思いセシルを見ると……。

「妹として認められたいんでしょう？　なのにあなたは他の、あの領地の人間たちと同じように認められることを望もうとするから、ややこしくなっているんじゃないの？」

「え？」

セシルの言葉はシャナルにとっては情報量の多いものだった。

「あの領地の人間はとにかくできることで最大限領地に、そしてあの男に貢献(こうけん)している、けれどあなたは、それだけじゃ満たされないじゃない」

「どうしてそんなこと――」

わかるんだ、と言いかけたところだった。

「わかるわよ。優秀な兄を追いかけてたのはあなただけじゃないんだから」

セシルがふっと、寂しそうな、懐かしむような笑みを浮かべた。

「何が何でも兄に追いつきたい。がむしゃらに努力して兄に認めてもらいたい。そんなことを考えながら私もやっていた時期があったのよ」

「それは……」

全く同じだ、とシャナルが興味を持つ。

その先のセシルの言葉に、シャナルの求めていた答えがあった。

「結局ね。認めてもらいたいのは、実力でも成果でもないのよ」

「どういうことですか？」

「ただね、妹だって、認めてほしかっただけなの」

「妹だって認める……」

スッとシャナルの中で腑に落ちる言葉だった。

「あなた、別にいま白虎をテイムできてもできなくても、特に嬉しくないでしょ？」

「そんなことは……」

ない、と言い切れない。

シャナルが悩んでいた原因がまさにそこにあったから。

「テイムをできなければ期待を裏切る。テイムをできれば認められるけど、それは妹としてじゃない。それがあなたの悩みの原因ね」

ピタリと言い当てられ、返す言葉がなくなった。

そんな様子を見てセシルは笑う。

「テイムの成否はあなたを満たす基準にならないのよ。テイムができなくてもあの男に泣きつけばいいじゃない。その結果あの男が抱きしめてあなたを慰めたら、それで満たされないかしら？」

「――っ！」

一瞬で想像して頬を染めるシャナル。

でも確かに、白虎をテイムできるかどうかより、自分の感情がそれで動くということがわかってしまった。

そんな様子を見て、ニヤッと笑いながらセシルが続ける。

「もっとも、あなたはテイムができた時のことの方を心配してるみたいだったけど。本当にあの兄にしてこの妹ありね……普通失敗する方の心配じゃない？」

「それは！」

「いいじゃない。今さら神獣が一匹増えたくらいでどうこうならないわよ。私から見ればあなたたち兄妹はどちらも化け物なんだし、あの男がそのくらい気にするようには思えないけど」

　シャナルが最も気にしていた部分を笑い飛ばすセシル。

　神獣のテイムというのはある意味、兄であるユキアのテイマーとしての最高到達点を示したものだ。そこに並び立ったときに起きる変化に、漠然とした不安を抱えていた。

　今のセシルの言葉ではっきりとシャナルも自覚する。

　自分が最も危惧していたことが、並び立ってしまえばもう妹ではなく、一人前の人として突き放されてしまうのではないかという、そんな心配だったのだ。

「馬鹿ね。化け物二人、真の意味で理解し合えるのはもうあなたたちだけでしょ」

　セシルの言葉がシャナルを勇気づける。

「ゼーレスのお姫様があの領地に残ったように、それぞれに役割がある。あの子も言ってたじゃない。テイマーとしての活躍は任せると」

　そう。

　ユキアを目指して切磋琢磨してきた二人だが、そこにはやはり実力の開きが出てきていた。

　テイムの才能だけでいうなら、シャナルはミリアよりも突出したものを持っているのだ。

「あなたのあの領地での役割がまさに、あの男の妹でい続けることでしょう？　でないとあんな化け物、壊れるか壊されるわよ」

それは大国ブルスの政治に関わってきたセシルだからこそ出てくる言葉だった。

「壊される……」

「ええ。あんな突出した力が野放しにされてるのは異常よ。あなたが今回神獣のテイムに成功することは、あの男の安全にも繋がる」

ユキアだけを殺せばいい領地なら長続きはしないかもしれない。

それが事実かどうかはさておき、シャナルのやる気に繋がることだけは確かだった。

「そろそろ着くわよ」

「はい」

会話を終えたときのシャナルの表情を見て、セシルは柔らかく笑みを浮かべる。

ユキアに埋もれてはいるが、セシルから見ればシャナルも十分に規格外の能力を持っているのだ。

そのシャナルが、自分と同じ悩みを抱えていたことに親近感を覚える。

どこか不思議な気持ちを抱えながら、ビンの待つ崩壊した拠点に向けて移動を続けたのだった。

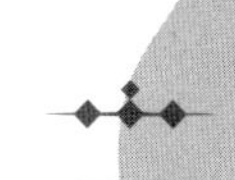

「で、なんとかするって話だったけど、どこにいるかはわかってるの？」

ギリアが楽しげに魔人に問いかける。

白虎（びゃっこ）に乗り、空を飛ぶ魔人と並走しながらの会話だ。

「気配を辿（たど）ればわかるだろう」

「ふーん。そんなもんか」

「……」

魔人の常識についていけるほどの何かを持ち合わせているわけではないギリアはそれっきり、興味なさげに景色を楽しみ始める。

「まあ僕は各地に指示も出してきちゃったし、あとは動くのを待つだけだからねー」

のんびりと、ギリアは言う。

ギリアからすればこの動きをすでに悟られているなどとは考えていない。

ユキアを除けば、相手は自分より劣る雑魚だけだと、本気でそう思っているのだ。

確かにユキアと比べればあの領地の人員の能力は見劣りする部分こそあれ、だからといってギリアと比較すれば誰もかれも優秀だった。

ギリアは自分を顧みない。

誰かが「あいつは使えない」と言えばその言葉を信じ、自分の能力は度外視してその人間を見て安堵するのだ。

たとえ自分がその人間より劣っていたとしても、現実から目を背けるギリアはそのことに気がつかない。

「あー楽しみだねぇ。これで僕は帝国を滅ぼして、ゼーレスも取り返せるよ。君がいなきゃ実現しなかったから感謝するよ」

ギリアが魔人に言う。

もはや魔人は言葉もなくギリアを冷たく見つめるだけだった。

「まだ場所がわかってないようだから教えてあげるよ。どうせあいつは領地から出てこれない。人間の移動距離なんてたかが知れてるからね」

自信満々にギリアが言う。

「だから大丈夫だよ。僕と一緒に北にいけばさ」

ギリアはアランドの兵たちと共にブルスに攻め込む計画を立てていた。

各地の兵を動かす準備をしたとはいえ、一つ一つを見ればどこも小さな兵力しか持たない地域ばかり。

保身を考えるギリアは最も安全なアランドの兵たちと白虎に守られながらの移動を目論んでいた。

魔人もいれば完璧、とほくそ笑むが、そこまではうまくいかないようだった。

「……来た」

「え？」

突然空中で立ち止まった魔人についていけず慌てて白虎の動きを止めるギリア。

上手く白虎を制御できず苛立たしげにしながら魔人に文句を言う。

「なんだよ突然」

取り合う気のない魔人は簡潔に、これだけ答える。

「俺はもう行く」

「え？　見つけたってことだよね？　この辺なの？」

「あちらだ」

魔人は表情を変えず方向だけを指し示した。

アランドを北上した地点から西、ピールズの方角を。

「ふーん。ならこの辺の兵を——って、ピールズじゃんか。あっちに兵を送るのはちょっと面倒だな」

ギリアがぼやく。

魔人の力を借りて小国をまとめたとはいえ、その維持はあくまでも理性的な判断に基づいて行われる。

ピールズはすでに帝国との停戦協定の破棄を宣言しており、ここに同じく停戦を破棄したアランドや周辺国から兵を回すというのは、対外的にあまりよろしくはない。

最悪の場合、せっかくまとめた国がバラバラになる可能性もあるのだ。

ユキアとガルダの目論見はその点でうまくはまっていた。

だが魔人は、ギリアの提案した兵をバッサリと否定する。

「必要ない」

面倒、とは言ったものの、にべもなく断られたことを不服そうにするギリア。

「一人で行く気ってこと?」

「ああ」

それだけ言って飛び立とうとする魔人だったが、ふと振り返って言う。

「気をつけろ」

「え？　僕が？」

それ以上は何も言わず、魔人は飛び立っていった。

「気をつけるって言っても、ユキアを何とかするんなら僕の敵なんているはずないのに……ねえ？」

白虎をパンパンと叩きつけるギリア。

グルルと不愉快そうに喉を鳴らす白虎にまた機嫌を悪くしながら、ギリアはしばらく次の行動までの時間の使い方を考える。

まだアランドの軍は動き出してはいない。

白虎で十分という思いは、それより強力な魔人が消えたことで薄れている。

ましてあの「気をつけろ」という言葉の真意を、ギリアは理解できていなかった。

「ま、ちょっとキリスでも待って考えよっか」

白虎は空中に留まらせたまま、自分だけその上で横になる。

ギリアのすべての行動が裏目に出ていることがわかるまで、そう時間はかからなそうだった。

◇

「――っ！」

一度ビンのいる南東の拠点に降り立ったセシルとシャナルだったが、すぐに別れてシャナルだけ別行動を取っていた。

めぼしい手がかりがない中、ユキアが置き土産にしていた手紙の情報を見て、自分たちがいる東の森からアランドのある砂漠までにあたりを付けて捜索していた。

捜し方はユキアとほとんど同じだが、ユキアと違いシャナルは手当たり次第に魔物をテイムしていくほどのキャパシティはない。小鳥や小動物、昆虫など、負担の少ない相手に絞ってテイムを行い、時間をかけながら情報を集めていく。

騎竜しながらの移動ではあるが、そのペースはゆっくりしたもので、内心シャナルも焦りを募らせ始めたところだった。

「これは……白虎……？」

テイムしていた小動物が、アランドと帝国の中間点での異変を訴えかけてきたのだ。

「きゅっ！　きゅきゅっ！」

リスが懸命に鳴きながらシャナルに何かを伝える。

とてつもない脅威が差し迫っていると。

「ええ……ありがとうございます。貴方は安全な場所に」

「きゅー」

シャナルがそう言って解放すると、心配するように何度も振り返りながら森の奥に消えていく。

シャナルはリスと反対に向けて進みだした。

一方そのころ、すでに西では、兄ユキアが魔人と相対していた。

◇

「来たか……」

ピールズの拠点からやや東の開けた場所。

応接用に作られていた建物のすぐそばで待っていた俺のもとに、待ち人である魔人が姿を見せる。

一見してそれが魔人であることがわかるオーラと、見た目をしていた。

「お前か」

普段はあまりやらないが、俺も極力オーラを放てるよう、両サイドには青龍と鳳凰を召喚して待ち構えていた。

「私を待っていたのか」

「ああ」

「面白(おもしろ)い……」

ニヤッと、魔人が笑う。

「私の目的はもうわかっているわけか」

「どうだろうな」

「語らずともわかる。おびき寄せたのだろう？　自(みずか)ら餌(えさ)になることによって」

魔人の周囲の空気が一変して思わず身構える。

魔力を解放しただけで周囲の空気が変わるってどんな力だ……。まともにやり合うのはきつそうだな……。

俺がどう戦うべきか考える一方、魔人のほうは上機嫌に何か語り始めた。

「実を言うと、私はゲートの位置はおおよそ把握(はあく)しているんだよ」

「!?」

ピールズではなく帝国攻めに加担している理由は、ゲートがどこにあるかわかっていないからだと考えていた。

だが、ということは……。

「帝国に入ったのはゲートを開く生贄集めってわけか……」

「その通り。だがもうそれも必要ない。お前がいれば、その裏にある巨大なゲートを開くことも造作なくなるのだから」

魔人が構えをとると、腕が青白く光る。

俺が動くより先に鳳凰が俺の前に出ていった。

次の瞬間――。

「――っ!?」

魔人の腕から放たれていた光がそのまま俺の目の前に一直線に打ち出された。

「クルー」

可愛らしい鳴き声とは裏腹に、鳳凰が前面に盾のようなとんでもない炎の渦を生み出して応戦する。

青白い光は渦に吸い込まれるようにして消えたが、すでに魔人は元の場所から姿を消していた。

「クルル!?」

背後で青龍が驚いた鳴き声をあげ、遅れて俺も反応する。

すぐ後ろに魔人が迫ってきており、今度は光を放たず物理的な攻撃が飛んでくる。

「【鉄壁】！」

ここにはいない霊亀(れいき)の権能で身を守る。

防御姿勢を取り、神獣の権能を使ったにもかかわらず蹴(け)られた腕がしびれ大きく後退させられた。

精霊体だった青龍も風圧だけで吹き飛ばされ、俺のすぐそばで止まる。

「反撃だ」

「クルルッ」

俺の合図に合わせ、青龍の身体(からだ)が雷に包まれる。

そのまま雷を放つ身体ごと、魔人に向かってぶつかりに行った。

「ほう」

さすがに魔人も防御の構えをとる。

勢いよく飛んでいった青龍は、魔人とぶつかった途端(とたん)激しく雷を周囲にまき散らしながら、大きく魔人を後退させた。

「流石(さすが)にこの地で神と崇(あが)められるだけのことはあるな」

魔人が楽しげに言う。

まだお互い手を出し尽くしたわけではないが、小手調べの段階でよくわかった。

俺は今のままじゃ、魔人を倒せない。

とはいえ魔人もおそらくすぐに勝負を決めには来ないはずだ。

俺がどれだけ守れるか、ぎりぎりを見極めに来ているんだろう。

おそらくゲートのエネルギーに使うための制限だ。

「テイムといったか？　どうだ？　お前の力なら自分の代わりを用意することもできるのではないか？　それを選んだとて誰もお前を責めぬだろうて」

魔人が言う。

流石に乗るとは向こうも思っていないだろう。

そもそも俺が代わりの生贄を作ったら新しい魔人が入って来ておしまいなんだ。それをわかったうえでこちらをおちょくっている。

「その時はお前が連れてくる同族全部をテイムするけどいいのか？」

「面白いことを言うな。私一人できていないのに」

喋りながらも次の攻撃が来る。

魔人の背後が光ったかと思うと、次の瞬間、魔人が急加速して俺の目の前に迫る。

【鉄壁】を発動させて耐えようとしたが、直前で青龍が横から突進し方向が変わる。

そしてその方向には……。

「クルー！」

鳳凰が密度を高めた超火力の炎を展開して待ち構えていた。

「ちっ……」

魔人は一瞬舌打ち(したう)ち体勢を整えようとするが止まらない。

このまま炎に飲み込まれるかと思ったが、全身が白い光に包まれその場から姿を消した。

「クルッ!?」

鳳凰が混乱する中、魔人は自ら仕掛けた突進前の元の位置に戻ってきていた。

「瞬間移動……ってほど便利じゃなさそうだな」

どうやら負担の大きい技(わざ)らしい。

「まさか人間相手にここまで魔力を消費させられるとは思わんかったな」

「光に連動して魔力が消費されるのか」

「ほう……人間にはそう見えるのか」

その一言で魔人と人間がどれだけ違う生き物かよくわかるな。

亜人(あじん)と人間は見え方にそう大きく差がないことが多い。

魔物や動物、昆虫についてはその生き物ごとに見え方の差があり、視野が広がっている代わりに距離がつかめなかったり、色味が変わっていたり、熱探知しかできなかったりと様々だ。

魔人はどちらかというとこちら側ということらしい。

「指先に魔力を灯らせるだけで倒れた者もいるというのに、この姿でも触れられすらできぬとは」

楽しそうに、魔人が言う。

こちらは楽しむ余裕まではないんだけどな……。

「お前ほどの実力者がこの世界にそう何人もいるとは思えん。余力を残すのは諦めるとしよう」

そう言うと、魔人の全身が再び光に包まれる。

先ほどは身体が光っているように見えただけだが、今回は周囲も巻き込んでいる。

青龍と鳳凰とともに巻き込まれないよう後ろに下がった。

「クルー」

「あれは……」

光がどんどん膨張していく。

森の開けた場所を使っていたが、どうもそれで済む状況ではなくなりそうだ。

木々が魔力の余波で吹き飛ばされ、地面もえぐられていく。

ほどなくして、爆発するように光が発散され……。

「お前の相手はこれでするとしよう。加減が難しくなるがな」

姿を見せたのは巨大な竜のような、だがそれだけではない化け物だった。

この世のものではない生き物が竜のような体の至るところから生えているような、繋がっているような……。

禍々しい合成獣だった。

「しかし消費が激しいな」

どこが口かもわからない化け物の声が空から響く。

意識してか無意識か、触手のようなものが森の中に伸びたかと思うと、一匹のシカのような生き物が吸い込まれるように消えていった。

これは……。

「【テイム】！」

先ほどの爆発でほとんど砂漠地帯が見えている森。その周囲に残った生き物たちに一斉にテイムをかける。

命の危険が迫っていることが嫌というほどわかる状況。すぐに魔物たちを含めたあらゆる生き物がテイムに応じ、俺の後ろに逃げ込んでくる。

「ほう。面白い。それがお前の力か。もっとだ。もっと見せろ」

興奮した様子で魔人――だった合成竜の腕が振り下ろされる。

「【迅雷】！」

青龍の権能を発動し慌ててその場を離れる。

【鉄壁】を試す気になれないほど圧倒的な質量を感じる。そしてその腕が振り下ろされた地点から魔力が爆ぜるようにあふれ出した。

「クルー！」

鳳凰が炎の渦を展開して魔力の余波を防ぐ。

後ろにあったあの臨時の建物は振動だけで崩れていった。

ただ腕を振り下ろしただけでこれか……。

「どうした？　反撃はないのか？」

「クルルー！」

俺が答える前に青龍が雷を纏って飛び込んでいく。

シカを捕食した触手のようなものが、うねうねと青龍を迎え撃とうとするが……。

――バチンッ

激しい音を立て、青龍の放っていた雷が周囲にはじける。

吹き飛ばされたのは触手の方。そのままの勢いで本体にも突進した青龍だが、そちらには大したダメージを与えられず戻ってきた。

「この程度か？」

再び振り下ろされる腕。

さらに魔力が高まり、合成獣（キメラ）が地面を叩くたびに周囲が爆発の衝撃に包まれていく。

いつの間にかもう、森は破壊され尽くし向こうに砂漠が見えていた。

「くっ……」

何とか時折、青龍と鳳凰が反撃して時間を稼（かせ）いでくれている。

ミリアが神獣を預からないと言った判断はこうして考えるとありがたかったな……。

神獣二体と権能を使える俺、実質三人がかりでようやく休む間（ま）がギリギリあるという攻防だ。

「やはり良い……。お前たちだけでゲートを開くには十分な贄（にえ）になるな……」

魔人は楽しそうに笑う。

まだまだ余裕があるようだな。

だが身体がでかくなったことで少しずつでも消耗（しょうもう）させられる。

分（ぶ）は悪いが、根気比べに持ち込めたようだった。

「あれは……！」

テイムした小動物の情報を頼りにやってきたシャナルが白虎を発見する。

ギリアが考えなしに行動した結果、白虎の機嫌を損ね、抵抗はされないまでも周囲にその不機嫌なオーラが漏れ出た。

結果的に森の生き物たちは危機感を抱き、シャナルへと情報が伝わったわけだ。

「何であんなところに浮かんだまま動かないで……？」

もちろんシャナルには事情がわからない。

ただギリアが自分の都合だけでその場に居座っていることなど。

白虎を休ませる気が少しでもあれば、こうも目立つ場所にい続けることはなかっただろう。

そうなればもしかすると、少しだけ状況が変わった可能性もあるのだ。

キリスがすでに、軍を率いてアランドを出ていたから……。

「まずは交渉……でも兄さんが交渉だけで消耗するから、倒れてもいいようにしておけと言っていましたね……」

シャナルが準備を進める。

まずは周囲の索敵だ。

白虎以外の敵がいるなら、テイムの前段階である交渉で倒れれば身の危険がある。

「あれは……」

ヴィートを通じて空からの景色を見て、シャナルは再度混乱する。

「どうしてあんなところで寝て……それにあれ、ゼーレスの……？」

直接王宮にいたわけではないシャナルだが、貴族の娘として様々な場所に出ている。

その中でギリアの顔は知っていたのだ。

白虎の上で横になって寝ているギリアを見て、その状況に頭が追いつかなくなった。

「えっと……寝ているから、今は大丈夫……とはいえ森は危険だから……お願いね、オリーブ」

一緒に来ていた鳥の使い魔、オリーブに護衛を頼む。

ヴィートでは不可能だったが、オリーブは身体が大きく、森で突然襲われる程度の危険ならシャナルごと抱えて逃げることで回避できるというわけだ。

少し物足りないと言えば物足りない守りではあるが、ヴィートとオリーブという信頼関係のある使い魔の存在はシャナルの精神的な支えになっている。

おかげですぐに集中できるわけだ。

これはユキアにはない強みだった。

そして今回はさらに……。

「あなたも、お願いしますね」

「きゅるー！」

霊亀の存在が大きい。

心もとない守りが万全のものになるのだ。

兄から預かった別格の力を持つ使い魔に、自分と常に一緒にいて信頼関係を培ってきた使い魔たち。

彼らと目で合わせてから、シャナルは白虎に意識を集中させていく。

「【テイム】——っ!?」

唱えた次の瞬間、頭が割れそうになってふらつく。

慌ててオリーブが身体を支え、心配そうに羽でシャナルを包み込む。

「ごめんね。大丈夫……」

ふらつきながらも体勢を整えたシャナル。

「これが……兄さんの言ってた……」

大きなダメージを受けながらも何とか必死に情報を整理していくシャナル。

白虎から与えられたのは、望みよりも激しい憎悪の感情だった。

「ひどいですね……」

その情報を整理していくうちに、疲労やダメージが、シャナル自身の怒りや使命感に変わっていく。

白虎は今、魔人の力により無理やり従わされている。

それだけでもプライドを傷つけられている神獣が、あろうことかその後、自分を従えた強者ではなく、大したことのない小物にいいように使われているのだ。

その結果が今。

外から見ればただ足代わりにされ、ただ少し乱暴に扱われているだけ。しかも元が頑丈なので大したダメージはないように見える。

だが白虎の内面はすでに、生と死について本気で考えるほどにぐちゃぐちゃにされていた。

本来神獣というものは神聖で侵されるべきではない孤高の存在だ。

何か起こるとすればそれは自分の意志によるものでしかなく、他者からの干渉など受けつけない程度のあらゆる意味での強さがある。

「兄さんのせいで私も感覚がおかしくなってましたね……」

霊亀を申し訳なさそうに見つめるシャナルだが、霊亀のほうは気にすることなくきょとんとした顔で見つめ返していた。

「これも兄さんの力でしょうか……いや、元々あなたは人が好きと言ってましたね」

「きゅるー！」

撫(な)でると気持ちよさそうに霊亀がシャナルにすり寄っていく。

これは確かに霊亀の特性もあるが、ユキアが、そしてシャナルが持つものに惹(ひ)かれての行動でもあった。

神獣は種ではなく個を見る性質上、同じ人間でも相手によって、見え方は大きく異なるのだ。

好感を持てる生き物であるか、その好感が有用性からか、気高さからか、愛玩(あいがん)目的か……。

人間が馬を見るとき、その有用性から馬は価値が高く好感を持たれる。

一方、自身に害をなす毒虫を見たとき、人間は自然と嫌悪感を抱く。

馬か虫か。この感覚を神獣は、同じ人間相手に持つのだ。

ギリアはその中でいえば最悪だ。その最悪を相手に、いいようにされて抵抗もできないというこの状況がいかに耐え難いことか、シャナルにはダイレクトに感覚として伝わってきていた。

「だとしたら……」

ここまでわかりやすい話もないだろう。

ギリアの排除が、テイムの条件。

シャナルはすぐに白虎にテイムを申し入れるが……。

「ぐっ⁉」

答えは拒絶だった。

再びよろめくシャナルに心配そうにオリーブと、戻ってきたヴィートがすり寄る。

「あ、焦り過ぎましたね……」

シャナルがすぐにミスに気づく。

ギリアの排除。これができないのは別に、白虎に力がないからではない。

なんなら今、身震いをしただけでも空を飛べないギリアは致命傷を負うだろう。

それをしない、そちらの原因を取り除けなければ、白虎のテイムは叶わないのだ。

「当然の話でした……」

つまり、魔人を何とかしないといけない。

となると兄の結果待ちになるが……。

「違う」

シャナルが立ち上がる。

ユキアを待って、ユキアが魔人をなんとかして行うテイムは、違うのだ。

おそらくユキアもそんなことは望んでいない。いや、それができるなら最初からユキアは自分ですべてを片付けたのだ。

だから……。

「私が、なんとかしないといけないんですよね？　兄さん」

二度のテイムの失敗。

それも神獣相手だ。あのユキアですら倒れ込むほどの負担を二度も背負った。

外傷こそなくとも、シャナルはもうボロボロだ。

だというのに……。

「任せてください」

シャナルは笑っていた。

その笑みはどこから来たかわからない。

神獣を相手に交渉に持ち込めたことに興奮しているのか、兄を頼らず何とかしようとする自分自身を誇らしく思ったか。

だがいずれにしても、シャナルは次には決められる手応えを感じていた。

「今度こそ……」

そうつぶやいた瞬間だった。

「きゅるっ！」

霊亀が突如、その権能を展開したのだ。

シャナルを中心に半透明のシールドのようなものが横長に展開される。

それはさながら、即席の城壁だった。

「何がっ⁉」

叫んだ次の瞬間、シャナルも霊亀が動いた意味を知る。

地響きに加え、矢の雨が降り注いだのだ。

「っ⁉」

とっさにヴィートとオリーブを守ろうとするが、守られるべきはシャナルの方。

そして今は守りに特化した神獣がその身を守っている。

「きゅるー！」

矢はすべてきれいに弾かれ、進行してきた部隊もシールドを前に動きが止まる。

「アランドの軍⁉　遅かった……」

シャナルがうなだれる。

霊亀がいるとはいえ、軍の後ろ、正確には上空には白虎がいる。

このまま戦っても難しいし、何より白虎とのテイムの交渉に集中する時間がもう作れない。

「一度引かなくては……」

失敗の反省で心に重しを乗せたような錯覚を覚えながらも、シャナルはすぐに次の行動に移る。

今できることは兄から預かった霊亀を、そして自分の使い魔たちを無事に逃がすこと。

そして自分自身も、その身を守ることだ。

「ごめんなさい。お願いします」

霊亀に指示をだし、城壁と化したシールドを強化する。

同時にすぐ、オリーブに指示を出して、その足に捕まったまま飛び立ってもらう。

まずはビンたちのいた拠点側に戻り態勢を立て直そうと考え、動き出したところ……シャナルにとってもう一つのイレギュラーが発生した。

「あれは……!?」

一度目のイレギュラーはアランドの軍。

二度目は……。

「ミリアさんっ!?　どうして!?」

領地で司令部の役割を担っているはずのミリアが、パトラに騎竜し、竜人族や鬼人族、魔

物たち、さらにブルスの兵を従えてやってきたのだ。

両軍に挟(はさ)まれる位置にいたシャナルは素早くオリーブに乗ってミリアの隣に行く。

不安定な姿勢だったため近くにいた竜人族(ドラゴニュート)、チュベルが竜体になりオリーブごとその背に乗せた。

「シャナルさん。良かった、間に合って」

「どうしてここに!?」

「そうですね……説明の前にまず、あれを何とかしないといけません」

霊亀の作った半透明の城壁を境に、睨(にら)み合いとなった両軍。

対面ではキリスとギリアが会話をしていた。

「遅いじゃないか。あやうくあんな雑魚(ざこ)に飲み込まれるところだったよ」

「……無事で何よりだよ」

自分のことは省(かえり)みず、一言目から文句を言ってくるギリアにキリスはもう何も言えない様子だった。

「ま、いいさ。こいつもいるんだし負けないよ。ねえ?」

両軍、数はほとんど互角(ごかく)だ。

わかりやすく突出した戦力は、白虎と霊亀。

生まれつき魔力に長けるアランドの人間で構成された軍は、一般的な軍より数が少なくとも強い。それこそ、ブルスをずっと退けてきたほどに。

だからギリアは相手を舐める。

まして先頭に立つのがあの使えない・・・ミリアなのだ。ギリア自身が能力を見たわけではない。それでもみんなが言ってたのだからそう。それがギリアの判断基準だった。

「勝てるかどうかはやってみるまでわからないけれど……。ギリア、君の手綱さばきにかかっているかもしれないね」

「なら楽勝さ。相手はあのミリアなんだから」

「いや、ギリア。君の相手はあの霊亀だろう？」

「は？　何言ってるんだよ。せっかくこんな強いおもちゃなんだから暴れさせてやらなきゃこいつも機嫌を損ねちゃうでしょ？」

バンバンと白虎を叩きながらギリアが笑う。

どこから説明すればいいのかと頭を抱えながら、霊亀にぶつかる必要があることを説いていくキリス。

その間にすでに、ミリアは兵を展開し――。

「全軍突撃！　中央は最後です！　周囲から切り崩してください！」

危険な相手は白虎だけ。

あとは一般的な軍なのだ。

戦闘力の高い鬼人族(オーガ)を、さらに戦闘力の高い竜人族(ドラゴニュート)が乗せて飛ぶ騎竜兵は簡単には止まらない。

アランドも騎竜している者はいるが、部隊を整える時間をギリアにとられた形となり応戦はほとんどできていない。

その間にすでに解除された城壁から、ブルスの兵がなだれ込んでいく。

「なっ⁉　お、おいキリス！　どうするんだよ⁉」

ようやく焦りだしたギリア。

自分のせいでこうなったとは考えず、こんなことを言って飛び出して行った。

「全く仕方ないなぁ。僕がいなきゃ勝てないってことだね？」

キリスが手を伸ばすが止める暇(いとま)もない。

向かってほしい先は正面。指揮を執るミリアと、最も危険な相手である霊亀、それを従えるシャナルだ。

だがギリアはすでに自軍に攻め込んできている、目についた相手をチマチマ殴りに行こうとしている。

「はぁ……。全軍！　まず後退してくれ。森の中に引き込むぞ」

キリスが指示を出すがもはや軍は崩壊している。

そこにギリアが好き勝手動き回り、さらに事態が混乱していった。

もはや誰が見ても勝負の行方は明らか。

キリスは再び頭を抱え……。

「仕方ない……か」

絞り出すようにそう言った。

そして……。

「さよならだ。ギリア」

キリスがそうつぶやいて、白虎に向けて手をかざす。

だが行動を起こす前に、いつの間にか上空に迫ってきていたミリアがキリスの騎乗する竜を強襲した。

「なっ⁉」

キリスが驚愕したのはその竜捌き。

第四の目を使いこなすミリアは、大陸を見渡しても最も騎竜術に優れている。

もはやキリスは為す術もなくミリアとパトラに翻弄され続け、動きを封じられた上、指示も飛ばせなくなる。

「これは……僕はとんでもない相手に手を出そうとしてたんだねぇ。とてもじゃないけど僕の手には余るよ」

力なく笑いながら、キリスは完全に戦意を喪失した。

それとほとんど同時に……。

「【テイム】」

シャナルの声が戦場に木霊した。

チュベルの背で立ち上がり、手をかざしたシャナル。

周囲はヴィートとオリーブ、そして霊亀による鉄壁の守りが敷かれていた。

「は？　何舐めたこと言ってるのさ？　雑魚領地の女が馬鹿みたいなことしたって、こいつは止まらな――えっ!?」

未だに相手の能力を見誤ったまま、ギリアはただ白虎が身震いをしただけで落ちていく。

「なっ!?　どうして！　くそっ！　早く来い！　このままじゃ落ちて……落ちて!?　クソクソクソ！　僕に何かあったらあいつが黙ってないぞ!?　早く僕を……誰でもいい！　誰か助けろよぉおおおおお」

それがギリアの、最期の言葉になった。

「終わりだね」

「ええ」

ミリアの剣がキリスの首筋に伸びている。

アランドの軍はすでにほとんど戦闘不能になっていたが、ギリアの死とキリスの姿を見て、完全に戦闘を停止したのだった。

◇

「なるほど……。司令部をなるべく早く解体……ですか」

戦闘を終え、ようやく落ち着いてシャナルがミリアの話を聞いていた。

アランドの捕虜(ほりょ)については、馬と竜をすべてミリアとシャナルがテイムすることでほとんど無力化した。かなり力技(ちからわざ)だったのでブルスの人間が困惑(こんわく)していたが……。

キリスをはじめとした捕虜はブルスの兵が本国に連れ帰って処遇を決めるまで管理することになっている。

二人はようやく落ち着けた形だ。

「相手がギリアだったので、アランドほか各地の動きがおおよそ予想できたのが大きいです」

ミリアがシャナルに説明した司令部の解体。

これについてはミリアが領地の特徴と、今回の相手の特徴を最大限に生かした作戦だった。

「今回戦線が各地バラバラですし、元々司令部があそこでは不便だったので……。それに私でなくてもあの場所に指令が出せる人間がたくさんいましたからね」

ミリアが笑う。

確かにミリアの言う通り、軍部のトップに立っても問題ない存在がたくさんいた。

ましてロイヤーなど国のトップだ。その点はミリアも同じだし、各族長など、王の数も通常ではない。

だから……。

「各地に王を派遣(はけん)するメリットは二つ。一つは圧倒的な士気の向上です。ロイヤーさんが自(みずか)ら顔を出した帝国の戦線なんか、すごかったですよ」

「それは……想像できますね」

ミリアの言う通り、ロイヤーの存在は大きな意味を持っていた。

これと同じことが、エルフ、竜人(ドラゴニュート)族、獣人(じゅうじん)、ドワーフなど、各地で戦う種族ごとに起きたのだ。

さらに……。

「もう一つは先ほどいった司令部が遠くなりすぎる問題です。おおよそギリアがやろうとするであろう動きは共有して、後は各地で権限を持った人間が直接見て動いた方が早いですから」

「それは……確かにそうですが……」

普通はできない。

まずそこまで指令役を余らせているのがおかしい。

さらに言えば、そのそれぞれに十分な護衛をつけ、各地に向かわせるのも難しいのだ。

だがこの領地に限って言えば……。

「トップが一人で一番危険な場所に行ってますからね……皆さん、自分も何かしたいとうずうずしてらっしゃったので」

結局この作戦通りことは進んで、ミリア自身もこうして動けるようになったわけだ。

的確に展開された兵たちに、士気を高める存在。

効果は絶大で、各地の戦線はほとんど被害なく押さえ込みに成功している。

もしギリアが生きていれば我を忘れて暴れたに違いない。その姿が容易に想像できるほど圧倒的な結果だった。

「さてと、私は兄さんの応援に行きます」

「少し休んだ方がと思いますが……私も同じ気持ちです」

「なら……」

「はい」

二人ともおそらくユキアに手助けはいらないだろうと思いながらも、やはり心配なのだ。

シャナルはすでに霊亀をユキアのもとに戻したくらいだ。

白虎はまだユキアのテイムを受けておらず精霊化もしていないが、それでも白虎をテイムできた恩恵は大きかった。

シャナルはそれをそのまま、ユキアに渡すつもりでいた。

神獣のテイムはやはり荷が重い。そして何より、白虎とのテイムで結んだ契約内容にそれを盛り込んでいたのだ。

「あなたも早く行きたいでしょう？」

「グル」

魔人の力を撥ねのけるだけの存在がいること。その人間がいかに信頼できて、いかに強いか……。

シャナルが白虎との交渉で行ったのは、兄であるユキアのプレゼンテーションのようなものだった。

だからシャナルは、白虎をユキアに引き渡すことでテイムが完了すると考えている。

だが実際にはそれを語るシャナルの人間性にこそ白虎は惹かれたのだが、それはまだ、シャナルには伝わっていないようだった。

「どうした!?　もう手は出尽くしたのか!?」

「くっ……」

合成竜（キメラ）となった魔人の攻撃は、こちらが死なないとわかる度に強まっていく。

すでに息をつく間もなくなり、反撃のチャンスはほとんどなくなっていた。

反撃ができなければ休む暇（ひま）がなくなる。悪循環に陥（おちい）り、いよいよ覚悟を決めなければと思っていたその時だった。

「来た……！」

「何を……む？」

シャナルがやってくれたんだろう。

テイムした相手の力を自らの力にし、またテイムされた魔物もその力が還元（かんげん）される。

これがテイムの副次的な効果だったが、実は最近、少しこの効果が変わった、というより、範囲が広がったのだ。

「一体何があった……？　先ほどまでとはまた違う力の流れを感じるぞ」

魔人が瞬時に気づく。

テイムによる術者強化の範囲が、領地の全体に行き渡っているのだ。

いつからかはわからない。

領地にいる大多数が俺のテイムを受けているせいでわかりにくかったが、テイムを受けていないミリア、シャナル、母さんのテイムした魔物の力が還元されていることに最近になって気づいたのだ。

特にミリアが自らテイムで領地の魔物を増やしていたおかげで気づけた。

これがなければ俺は多分、白虎をテイムしてから魔人とぶつかっていただろう。

だがおかげで今回、魔人の相手が楽になった。

「きゅるー！」

シャナルが俺に戻してきた霊亀を召喚する。

防御に特化した神獣だ。これまで青龍と鳳凰が交互に担っていた防御を一手に引き受け、ようやく時間ができた。

「ここに来て新手か」

「ああ。とっておきのな」

霊亀が防御に回ったおかげで青龍と鳳凰に余裕が生まれる。

その余裕は力を溜めた攻撃を可能にし、またこれまでできなかった連携を生み出す。

「行け！」

「クルルルッ！」

二体の神獣から、極大の魔法が繰り出される。

属性はそれぞれ雷と炎。二つの魔法は螺旋を描きながら魔人のもとに突き進み……。

「ぐっ」

直撃した。

衝撃が重なり、爆発を生み出していく。

だがこれはあくまで時間稼ぎだ。

本命は……。

「【テイム】！」

「なんだと!?　馬鹿な……」

シャナルがテイムした白虎。

その恩恵は大きく、俺にも力が巡ってきている。

神獣たちとその権能により戦えるようになっているとはいえ、俺の最大の武器はやっぱりこれだ。

「ぐっ……馬鹿な……馬鹿な！」

テイムは相手の魂との間に刻む契約。

今魔人の魂には少なからず、神獣たちに対する恐怖が宿っている。

だからこの条件を持ち出せば、魔人の魂は拒絶できないのだ。

「大人しくゲートを通って帰れ。その代わり俺が、お前の身の安全を保証する」

身の安全の確保。

テイムの基本になる条件の一つだ。

神獣たちのおかげで、魔人という強大な相手に、この基本が通用する。

「返すためのエネルギーはおまけしてやる」

ゲートの開き方は実は俺もなんとなくはわかってはいた。

生物の持つエネルギーは何でもいい。生命力でも、魔力でも……。

一点に負担を集中させればそれは確かに生贄だが、魔人を歓迎しないあらゆる存在から少しずつエネルギーを受け取れば、一人を返すには十分な量が集まる。

「ぐっ……こんな……こんな……馬鹿な……」

光に包まれ、吸い込まれるように魔人が消えていく。

ゲートの場所も確認しておいてよかった。

ごくごく小さなもので、守り人も存在しないようなものだったが、それでも一人の魔人を返すことはできる。

そして使用したゲートは、しばらく再利用できない。

「……終わった」

ふう、と息を吐く。

思わず座り込んでから、あちこちケガをしていることに気がついた。

「思ったよりギリギリだったな……」

本当に、思ったよりも……。

そのまま大の字に寝転がって空を見上げると……。

「兄さん!?　大丈夫ですか!?」

「シャナル……えっ!?」

竜に乗ってやって来ていたシャナルが勢いよく飛び出してきたのだ。

当然シャナルに飛行能力などない。

慌てて立ち上がって……。

「わっ……むしろ大丈夫か？」

「あ……す、すみません……」

何とか抱きとめることに成功した。

「ふふ……そんなに焦るくらい、心配だったんですね」

「ミリア」

少し遅れてパトラとともに降りてきたミリアが笑う。

シャナルは何も言えずに顔を赤くしていたので……。

「ありがとな。シャナルのおかげで勝てたよ」

目が合わないのをいいことに、また頭を撫でておいた。

「うぅ……」

「ミリアもお疲れ様……というか、こっちに来て良かったのか？」

「はい。多分もう、ほとんど片付いているかと」

「それは……すごいな」

話しながらシャナルの頭から手を離そうとしたが……。

「え……」

「もう少し、こうしていてください」

目は決して合わせず、だが頑なに俺の手を頭の上から離すまいと握りしめてくる。

白虎のテイムという大役を果たしたばかりなんだ。

撫でろというならいくらでも撫でてやろう。

「ありがとな。シャナルが妹で、本当に良かった」

クシャクシャと、少し強めに撫でながら言う。

顔は見えないがそれでも決して、俺の手を離そうとはせずしばらくそうしていたのだった。

「ようやくこの時が来たか！　めでてぇじゃねえか！」

ゴウマが豪快に笑いながら言う。

酒が入っていて戦闘モードと同じような大ざっぱな口調だが、それを咎めるものはいない。

人間、魔物、エルフ、ドワーフ、鬼人族、竜人族……。

様々な種族が集うこの領地だが、今日は一段と数が多かった。

「ユキア。エリンを頼むぞ？」

「あう……」

レイリックがやってくる。

そう。今日は魔人を討った祝勝会でもあり……。

「私も……お願いします」

なぜか俺の結婚を祝う会、にされていた。

まず相手になったのはエリン、ミリア、そして……。

「うぅ……。こんなドレスどうせ似合わないと思ってるんでしょう⁉」

セシルだった。

まず、と言い出したのはレイリックだ。

いきなり三人、しかも……。

「私は次回、カイゼルさんたちがお相手を選んだタイミングでお願いしますね？」

メルシアが微笑む。

そう。なぜか次が控えているのだ。

おかしい。確かにミリアとは結婚する意志を示したが、こうもあっという間に話が進むとは思っていなかった。

「ご主人様、よくお似合いで」

「ロビンさん……」

当然ながらこの手際の良さにはロビンさんも関わっている。

そして黒幕はほとんどレイリック。その補佐にムルトさん……。

止められるはずがない布陣だった。

「まだ色々片付けないといけない問題があるのに……いいのか」

「だからだろうて。それにゲートの問題はもう大陸全土に知れ渡った。守り人の存在は同盟軍をあげて守ることも決まっておる」

「ロイヤー……」

「今はそんなことより、この席を祝わせよ」

そんなこと、か。

ある意味では流石、大国ブルスを動かしてきた大人物であると思わせる発言だな。

「本当に、無事にうちのセシルも引き取ってもらえて何より」

にこやかにロイヤーが言う。

「良かったのか本当に」

「良かったも何も、大陸を見渡してもお主ほど娘を差し出したい男など他にいなかろうて」

今日ばかりは帝国の皇帝も、王の顔ではなく父親の顔をしていた。

さっきの発言もそこから来てる部分もあるんだろうな。

まあでも確かに、そのことはまた考えればいいか。

ロイヤーは上機嫌に笑いながら、酒を持って挨拶に回っている。

人間至上主義を推し進めてきた帝国のトップが、人間の方が少ないこの領地で陽気に笑っている姿はちょっと前までなら想像できなかったな……。

特に敵対していた獣人のトップに立ったヴァイスは複雑そうだ。

「あれを見るともう、怒ってても仕方ねえかってなっちまうな……」

元々ヴァイスは帝国への復讐を諦め、次世代のために動くことを決めていたが、それでも思うところはずっと残っていた。

あのロイヤーの姿が少しでもそのわだかまりを消してくれるといいんだがな。

「正式に獣人たちのトップになったんだろう？　これから大変じゃないか？」

「ああ。なんで俺にって思うが……まあ仕方ねえ。まだまだ納得いってねえやつらも多いからなんとかしねえとだ」

そう言って笑う。

やりがいはあるんだろう。

「ああそうだ。うちからも嫁を出すぞ。ユキア殿の趣味はわからんが、見た目が人間に近えのから出す。希望者募って存在進化を促して……と、ちと手間がかかるから第三陣以降だろうな」

「え？」

初耳すぎる。いろいろと。

というか第三陣……？

「まさか大陸を事実上支配した男の嫁が十人やそこらで済むと思ってたのか？　後宮作って整

備しねえと国が崩壊するぞ？」

「そんな馬鹿な……」

「いいえ、兄さん。その管理を私がやることになりましたからしっかりしてくださいね？」

「ええ……」

いつの間にか近づいてきたシャナルがヴァイスと入れ替わるように話しかけてきた。

さらにもう一人……。

「良かったの？　シャナル。あなたもあちらに加わらなくて」

「母さん!?」

とんでもないことを言い出すな……。

「そ……その……私は兄さんの妹ですから！」

慌てた様子でシャナルが言う。

妹。

そう言ってから、シャナル自身もその響きにどこか満足そうに微笑んだ。

「妹が、いいんです」

「そう。ならよかったけれど……じゃああなたのお婿さんも探さないといけないわね」

「ちょっと母さん!?」

どうしても母さん相手だと振り回されるみたいだな……。

と思っていると、母さんがまっすぐ俺を見て話し始める。

「ユキア」

「はい。母さん」

「私は父さんと二人きりだったので、これから先に起こるであろうことに大したアドバイスはできないけれど……」

タメを作って、母さんが言う。

「幸せにしてあげなさい。それが無理だと思ったなら、断る勇気も持ちなさい。その時は私も一緒に頭を下げてあげるから」

「……ありがとう」

宮廷を追い出されて以来、母さんには迷惑をかけて振り回しっぱなしだった。

そしてここに来てこんな一気に結婚の話だ。本来ならもう何が何だかわからない状態だっただろうに、それでもしっかりと、俺のことを見てくれていた。

「頑張るよ」

「ええ。あまり待たせても良くないわね」

母さんが目をやる方向には、ミリア、エリン、セシルの三人が待っていた。

純白のドレスに花束を持って。

周囲にはこれまで出会った様々な人がいる。

エリンのすぐそばを飛ぶのは、レイリックの使いだった妖精のリーレン。妖精王となったエリンにつくことになったらしく、あの頃より力が増して流暢（りゅうちょう）にしゃべるようになっていた。

アドリは正式に軍務卿（きょう）の一角になった。事実上ブルスより広大な土地を傘下（さんか）にしたため、ブルスと同じく軍務卿は各地に置かれる。

エルフを中心にゼーレスの軍も一部預かっており、その交流にも一役買っている。

ゴウマばかりが目立った鬼人（オーガ）族からも、セキが名をあげていた。

意外にも軍務よりも内政に興味を持ったらしく、また本人があまり気にするタイプでないということで、ブルスで修行の日々を送っている。

人間以外を知らなかったブルスにも良い刺激となっており、これから広がる交流の足がかりづくりにも貢献（こうけん）していた。

エルフの長老であるビネル。一度は子のために俺たちを裏切ろうとしたが、テイムを受け入れ今はエルフのまとめ役としてエリンとレイリックを指導したり手助けをしているようだ。

さっき会ったときに「リミとレミは本気で嫁になるつもりだぞ」と言われたが……。まあこれについてはリミとレミがこちらに来たときに考えよう……。

今二人はレイリックの国、ユグドルで財務について勉強しているらしい。

竜人(ドラゴニュート)の青年アルスは若いエルフや獣人族など、様々な種族を集めて作った部隊の隊長として活躍していくようだ。

その寮をチュベルが面倒(めんどう)見ると言っていた。

「にぎやかになったたな」

魔人を退(しりぞ)け、事実上ゼーレス、ブルスを含めた広大な土地を任されたことにより、ブルスに敵対していた小国をはじめ無数の使者が連日領地を訪れている。

小国との連絡にはギリアが使っていたパイプが役に立った。

そういう意味で、アランドのキリスが大人しく傘下に入ってくれたのは良かっただろう。

深いことはわからないが、ギリアとの間には確かに友情があったようだ。だが同時に、ギリアがもう許されない領域に行ってしまったこともわかっている。

複雑な心境を抱えたままながら、協力は惜しまないと言ってくれたことに今のところは感謝しておくしかない。

「何か考え込んでますね？」

「ミリアっ⁉」

気づくとミリアが俺の顔を下から覗き込んでいた。

「確かに色々問題は残っていますが、今日くらいは、私たちだけを見てもらってもいいんじゃないですか？」

珍しくいたずらっ子のように笑うミリア。

いつもそうだが、今日はいつも以上にその笑顔に破壊力があった。

「ごめん」

「はい。ほら、エリンさんもとっても可愛くしてもらって」

「あう……」

ミリアに肩を掴まれて前に出されるエリン。

髪を整えられ、いつものようにフードで隠れることもできず、あわあわと小動物のように視線をさまよわせる姿がまた可愛らしかった。

「で、私はまだ感想もらってないのだけど？」

セシルは相変わらずの口調ながら、照れたように顔をそらして言う。

「きれいだよ」

「っ!?　あ、ありがとと！」

こちらまで恥ずかしくなる勢いで顔をそらされてしまう。

そんな様子をミリアが笑いながら見つめていた。

「ほんとに、にぎやかだな」

しかもこれはまだ終わりではない。

日々訪れる使者の中には、全身が炎に包まれた者、水の中でしか生きられない者など、見たことのない種族もいるほどだ。

これからも忙しくなるんだろう。

だが……。

「ほら、ユキアさん」

ミリアに手を取られ、遠慮気味に俺の服をつまんだエリンとセシルとともに壇上に上げられる。

主役はそこで座っていろとのことだ。

そしてこの場所からは、領地に集まった皆の顔がよく見えていた。

「ああ……」

この様子を見れば、これから先の忙しさもまた、不安より楽しみが勝るのだった。

あとがき

ご無沙汰しております。すかいふぁーむです。

三巻もお手に取っていただきありがとうございます。

一巻がミリア、二巻がエリン、という話をしましたが今回は妹、シャナルのためにというコンセプトで進めました。

シャナルは元々わりと趣味で書いたヒロインでして、「兄さん」って呼んでくれるクーデレ妹キャラいいなぁ、くらいで登場させました。

ヒロインの枠としてはミリアがいましたし、物語的には絶対必要というわけじゃなく当初はどう扱うべきか悩んだりしてたんですが、勝手にどんどんキャラとしても強くなっていった子です。

今回は表紙にも登場して活躍しているのでこれから本文の方はお楽しみください。

近況で毎回ペットの話をしていたので、フクロモモンガという生き物が増えました。

エキゾチックアニマルの中ではメジャーなので知ってる人もいるかもしれませんが、比較的人に懐きやすいハムスターとかリスとかそういうサイズ感の生き物です。

懐きやすい、というか割と懐いてる（慣れてる）子をお迎えしたはずなんですが気がめちゃくちゃ強くてよく噛まれたり吠えられたりしています。ギーギー鳴きます。

少しずつ心を開いてくれるようにユキアのように頑張ります笑。


さて、今回は三巻目にして私一番表紙が好きです！　毎回パワーアップしていただいてイラスト楽しませていただきました。

さなだケイスイ先生、いつもありがとうございます！

また担当編集Hさんはじめ関わっていただきました多くの方に感謝を。

ありがとうございました！

最後に、本書をお手に取っていただいた皆様。本当にありがとうございます！

三巻ということで、実はもう書きたい部分は一通り進んだかなという感じです。

なので一旦(いったん)、コミカライズを応援いただけると心強いです！　一緒にコミカライズを楽しめれば幸いです。

それではまたお会いしましょう〜。

すかいふぁーむ

コミカライズ
大好評連載中!!
ユキアの最強テイムが
漫画でも!!
木曜日
更新
ニコニコ漫画
水曜日は
まったり
ダッシュエックス
コミック

聞いてくれますよね？先輩
Kiite Kuremasuyone? SEMPAI
何でも言うこと聞かせられちゃう券で…!?
なんでも言うこときく券
著 すかいふぁーむ
イラスト ぺんたごん
（DX文庫刊）
第1巻大好評発売中!!

可愛い後輩や幼馴染みが
グイグイ迫る!!
コミックスも第1巻
大好評発売中!!
（ヤングジャンプコミックス）
1
聞いてくれますよね？先輩
すかいふぁーむ
ぺんたごん
なんでも言うこときく券

かうかうモンスターにて
（双葉社）
コミカライズ連載中!!
漫画
日野彰
原作
九十九弐式
すかいふぁーむ
キャラクター原案
伊藤宗一
《経験値分配能力者》
ポイントギフターの
異世界最強ソロライフ
ブラックギルドから解放された男は
万能最強職として無双する

COMICALIZE
Pointgiftter
フィルドの最強ソロライフが漫画でも読める……!!
…今 何て言った?
本当に出ていっていいのか？
フィルド お前はもう必要ないんだ
言った通り貸した経験値全て返してもらうぞ
——こんなギルド

この作品の感想をお寄せください。

あて先　〒101-8050　東京都千代田区一ツ橋2-5-10
集英社　ダッシュエックス文庫編集部　気付
すかいふぁーむ先生　さなだケイスイ先生

ダッシュエックス文庫

史上最強の宮廷テイマー3
～自分を追い出して崩壊する王国を尻目に、辺境を開拓して
使い魔たちの究極の楽園を作る～

すかいふぁーむ

2022年11月30日　第1刷発行

★定価はカバーに表示してあります

発行者　瓶子吉久
発行所　株式会社　集英社
〒101−8050　東京都千代田区一ツ橋2−5−10
03(3230)6229(編集)
03(3230)6393(販売／書店専用)　03(3230)6080(読者係)
印刷所　図書印刷株式会社
編集協力　蜂須賀隆介

ISBN978-4-08-631493-0 C0193

合のフォローは。

ほら、此処(ここ)はさ？　『前巻のあとがきで書いたのに、まだフォローされてないんだけど！』と私がこのあとがきで切れ散らかして、『四巻のあとがきではフォローされた報告するぜ！』って言って、引っ張るやつやん！　その方がネタになって面白いやん！　っていうか、そういうプロレスしようぜって言ったやーん！

……とまあ、実際は二巻のあとがきの時点で担当編集さんは『すみません！　直ぐにフォローを』と言って下さったんですが、『こっちのが面白いから、フォローせずにいこうぜ』という話をしてたんです。でも、『流石に出版している作家をフォローしないのは大人として失礼』という判断らしく……ええ、すみません。二巻のあとがきで嘘ぶっこきました。これで最終巻まであとがきのネタを確保したと思っていたのに……四巻、どうすればいいのか……

でもまあ、これで良かったかな〜とも思います。編集部にヘイトたまりそうなら直ぐに白状しようと思ってましたし、三巻のネタも手に入ったので。ええ、此処重要です。三巻のネタになったので。

さて、そんなこんなの裏話をしていましたが、そろそろ良い塩梅(あんばい)にあとがき埋まりました。次回、四巻で皆様にお逢(あ)いできることを心より願って締めの言葉とさせて頂きます。四巻もよろしくお願いします！

令和五年九月吉日　マジであとがきが一番大変、四巻どうしようと思っている　疎陀　陽

ダッシュエックス文庫

許嫁が出来たと思ったら、その許嫁が学校で有名な『悪役令嬢』だったんだけど、どうすればいい？３

疎陀 陽

2023年10月30日　第1刷発行

★定価はカバーに表示してあります

発行者　瓶子吉久
発行所　株式会社　集英社
〒101−8050　東京都千代田区一ツ橋2−5−10
03(3230)6229(編集)
03(3230)6393(販売／書店専用)　03(3230)6080(読者係)
印刷所　図書印刷株式会社
編集協力　後藤陶子

ISBN978-4-08-631526-5 C0193